JN125307

滅私

羽田圭介

新潮社

新潮社

滅私

ある物が、視界の中で僕の気にさわっている。

玄米に焼き鮭、味噌汁の朝食をとったあと、ワンルーム内のシングルベッドに座り歯を磨きながら、それを見てしまう。

空気清浄機能を備えた、羽根のないサーキュレーターだ。数ヶ月前にじゅうぶんコンパクトな物を吟味し買ったつもりだが、空調の必要がない春という季節柄、日ごとにその存在の意義を、己の目が問うてしまう。物自体が不要に思えるし、なにより、それが目に入る度に要か不要か意識がいってしまうことそのものは、間違いなく不要だ。冷静に判断すると、夏に扇風機代わりに使うこともあるため、気にしないまま春を乗り切るべきだろう。

海外展開もしているシンプルデザインの既製ブランド「禅品質」の名作リュックととてもよ

く似てしまっている、僕自身が監修した「ＭＵＪＯＵ」ブランドの軽量ナイロンリュックに、同ブランドの小型革財布、一三インチMacBook Pro、iPhone、ＳＯＮＹの小型ミラーレス一眼カメラを入れ、玄関へ数歩歩いた。

家に二足だけある靴のうち、ナイキの黒いローカットのエアフォース1を履くと、八階建てマンションの内廊下に出る。三階ということもありエレベーターは使わず、運動を兼ね非常階段から一階へ下りた。

出勤ラッシュが終わった時刻だからか、道行く人々の姿は多くない。道路を走る車の量は多かった。僕は徒歩一〇分ほどのところにある最寄り駅へは向かわず、住宅地の奥へ歩いて行く。一軒家や小規模マンション、アパートが密集している渋谷区内のその道は、日が差さず暗い。やがてコインパーキングに着いた。

ホンダのコンパクトカー、フィットの前に置かれたポールを端にどかし、運転席近くに寄る。スマートフォンからカーシェアアプリの操作を行い、オンラインで開錠させた。ＥＴＣカードを挿入口に入れカーナビに目的地の住所を入力し、出発する。

東京都心だと、コインパーキング自体が狭く不人気な土地に設置されている場合が多く、その中でも、車の出し入れがしにくいレーンがカーシェア用途に割り当てられる。クリープ状態で何度もハンドルを切り返しようやく敷地の外に出てからも、一方通行の狭い道をしばらく徐行速度で進んだ。

一八平米ワンルームの狭さと引き替えに、公共交通機関網が張り巡らされた都心に住んでいるのだから、普段の移動は電車やバスでじゅうぶんだ。会う相手が車でないと行きづらい場所にいる場合は別だ。ガソリン代や高速料金を除き、一二時間以内の利用料自体が七〇〇〇円以内で済むのであれば、カーシェアも高くはない。それに、普段は道の両端を歩く歩行者の視点でしか見ていない自宅近くの道を、道のほぼ真ん中の視点から見るのも、新鮮な風景に見えて好きだ。

幡ヶ谷から首都高速に入り、湾岸方面へ向かう。地下から上へ向かいぐるぐる回るジャンクションを通りしばらくすると、真っ直ぐな東京湾アクアラインに入った。

僕と年齢の近い紺野（こんの）夫妻は半年ほど前、千葉県内陸にわずか六坪のログハウスを建て、東京から移住した。タイニーハウスと呼ばれるもので、維持に金のかかる広い家よりも、狭いが維持費も安く居心地の良い家を選ぶという、リーマンショック以降のアメリカで流行りだした文化の影響を受けている。紺野夫妻とのつきあいは、僕が自身のサイト運営をしながらも編集プロダクションにいた頃に取材で出会って以来だから、二年ほどになる。

海中の高速道路を走っていると前方に白い明かりが見えてきて、目を細めながら外界に出る時、産道から出るような心地にも陥った。海に開いた口のようになっている海ほたるから、海上をわたるまっすぐな道を千葉方面へ進む。離陸した飛行機の窓から見ると、東京湾をはさみ位置する東京と千葉の両岸の近さには、毎度のようにわずかながら距離感の狂いを感じたものだ。商社時代に見慣れた風景が、今も脳裏に焼きついている。

先々週に訪れたときよりも、〝村〟の開発は進んでいた。紺野夫妻のタイニーハウスのすぐ近くに建てられた、木造の期間限定カレー店の工事が完了した影響が大きい。家こそ狭いが四〇〇坪も購入したタイニーハウスの敷地と異なり、カレー店の土地は借地だ。元は住宅設備メーカーの社員だった紺野茂(しげる)は、ここ千葉県内の建設会社と東京のPR会社とうまくコラボレートし、期間限定カレー店の出店までこぎつけた。

「冴津(さえづ)さん、もうカレー食べました?」

愛(あい)夫人から僕は訊かれるも、そばにいた三〇代半ばのPR会社の男から、試食はインタビューのときまでとっておきましょう、と言われた。PR会社が連れてきたカメラマンが木造の店内で撮影の準備をしているのが、開かれた出入口越しに見える。外の自立式ハンモックには茂が腰掛け、電話していた。

　人の良さそうな顔をしてビジネスではかなりの豪腕を発揮する紺野茂のように、僕はカレー店にこそ関わっていないものの、グッズ製作で一枚噛んでいた。茂が座っている、木のフレームの自立式ハンモックがそれだ。〝ソファーより自由でクリエイティブなハンモック〟をコンセプトに、家具のＯＥＭメーカーにもちかけ、「ＭＵＪＯＵ」ブランドの商品として作りあげた。細く硬い木の質感にこだわった。たいてい、スチール製等安っぽい素材のものが多いが、日本の狭い住宅にも置ける、それでいて日常的な鑑賞にも堪えうる外観に仕上げた。アウトドア利用もできるし、アウトドアに幻想があっても実際は狭いタコ部屋で過ごすしかない都心生活者のニーズにもこたえられる。引っ越すのに楽な家具は、良い家具だ。

　今回の鼎談（ていだん）記事は僕の運営するサイト「身軽生活」に載せるものがメインで、「ＭＵＪＯＵ」商品の宣伝でもある。魅力的な記事がネット上で拡散しページビュー数が増えれば、商品の宣伝になるだけでなく、ページビュー数に連動した広告費も入る。

　やがてカレー店のステンレステーブルを囲み、鼎談が始まった。

「そうです。自分で言うのもなんですが、会社員時代はそれなりに優秀な社員だったので、金銭的な不自由はなかったんですよ。そのかわり、遅く帰ってきては妻に自分勝手な態度で接したりもしてしまって……。それを埋め合わせるように、休日には旅行や外食、買い物なんかによく行ってましたね」

「だから、マンションの中がショップの紙袋や物であふれかえっちゃって。同じ物をまた買ったりもしてたよね」

「あったね。物が沢山あるから、その時必要な物を探すのに毎日一時間くらいかかっていました」

「せっかく高い家賃を払ってそのマンションに住んでたのに、家の中ではだんだんリラックスできなくなってきて。そのせいか、私も夫に強く当たっちゃう日も出てきたりして」

鼎談中に発された茂の発言に対し、愛が言葉を続ける。三四歳と三二歳の紺野夫妻は、こういう言葉を発することに慣れていた。

「家賃とかカードの支払い、あとは将来の貯蓄のことを考えると、仕事に精を出すしかなくて、そうするとまたそのストレスを発散するように買い物、っていう悪循環で……。でも、あるときふと、気づいちゃったんですよね。家や車といった、物のためにあくせく働いているなぁ、って」

「そうなんです。物に支配されていることに、気づいちゃったんですよ、私たち」

司会の僕だけでなく、鼎談相手である若めの建設会社社長、近くにいるＰＲ会社社員もうなずく。

「それと、東北の震災のときにテレビで中継されていた映像が、強烈に僕の頭に残っているんですよね。津波で家や車が流されていくのを見て、ああ、物は簡単に流されちゃうんだ、って。だから、徐々に不要な物を処分してゆくのに、意外と抵抗はなかったですね」

「悟っちゃったんで、タイニーハウスにはテレビも置いていません」

話題は、千葉の木造タイニーハウスを作って以降へ移った。

「家自体は以前住んでた東京のマンションより狭いんですが、余計な物がないので、効率的に暮らせて便利ですよ」

「ドアを開けたら外には自然が広がっていて、洗濯物を干すのも気持ちいいし」

「会社員時代より収入は減っていますが、今のほうが人生が百倍充実しています。ここへ越してきてわかったのは、物ではなくて、やっぱり経験が大事っていうことです。心が満たされる生活ができるのなら、極端な話、年収一〇〇万円台でもやっていけますよ。物を減らして身軽になり、好きな場所で好きなように生きられるよう、経験重視の人生にシフトすれば、人生が拡大します」

やがて、タイニーハウス建築を請け負って以来紺野夫妻とのつきあいが生まれ、今回のカレー店出店で資金の大半を負担した建設会社の社長の発言も増えていった。

「……本当に、紺野さんご夫妻との弊社でのお打合わせは、カフェで談笑しているかのような雰囲気で進んでいきましたものね」

「金属やビニールの建材と違って、手入れは必要でも肌触りからして愛せる木の家は、やはり魅力的で。自然に還る家っていうゴーハウスさんのコンセプトが、エコの観点からもとてもいいなと思ったんですよね」

紺野茂が自らすすんで、求められている言葉を発した。エコロジーの観点から見れば木はそれほど良い建材でもないことを、僕は編集プロダクション時代に得た知識で知っている。解体した木造家屋の廃材は、燃やすしかない。再利用しやすい鉄を多用した家のほうが、よほどエコロジーだ。

カレーを食べ、各々から感想をもらうと、鼎談は終了となった。

「冴津さん、よろしければこれを」

PR会社の男が、Tシャツ二枚と紙袋をさしだしてきた。緑色のTシャツを開くと、太く黄色い直線で一軒家の絵と「GO　HOUSE」の文字がプリントされていた。

「これ、ゴーハウスさんと共同で作りました。宣伝で使ってくださると幸いです。それとこちらは、弊社の別のプロジェクトで作った、ジューシーメロンパンのセットです。お荷物になるかもしれませんが」

「ありがとうございます！　おいしそうですね」

「そうなんですよ。ただあまり日持ちがしないので、早めに召し上がってください」

建設会社とＰＲ会社の人たちが去った後も、僕は紺野夫妻とタイニーハウスでしばらく談笑し、午後三時過ぎにようやく帰路へついた。

築二〇年、一八平米のワンルームに帰りついてすぐ、僕はさっきもらったばかりのジューシーメロンパンの箱を開ける。薄い黄緑色のふっくらとしたそれを一秒見るか見ないかで、口をつけず中身を全部ゴミ箱に捨て、オリジナルＴシャツ二枚は畳んであるのを開きもせず捨てた。

愛着が湧く前に捨てる。それが鉄則だ。

どうせ捨てる物を手元に置いておき、捨てる罪悪感がなくなった頃に捨てるのであれば、罪悪感を覚えながらすぐ捨ててしまったほうが、くれた人や物のためにも良い。痛みをともなう行為は記憶に残るため、その物が浮かばれるし、無用に手に入れたりという同じ過ちを繰り返さないよう、気をつけるようにもなる。

手を洗いながら、さすがにジューシーメロンパンという食べ物を粗末にしたことには、感じるものもあった。こういうときこそ、理性的になる必要がある。小麦粉と砂糖の塊である高カロリーのお菓子を食べれば、太る。太らないよう運動したとしても、時間を奪われる。体内のミトコンドリアでカロリーを燃やすのも、ゴミ焼却場でパンを燃やすのも、どこで燃やすかの違いに過ぎない。より無駄が少ないほうをと考えたら、そもそも体内に入れず捨ててしまうべきだ。人生の時間は、限られているのだから。

黒ストレッチジーンズ、ジャージ素材のグレージャケットを脱ぎ衣類ハンガー掛けに掛けると、脱いだ白シャツを洗濯機上の洗濯カゴに入れた。洗濯カゴには、今日着たのとまったく同じ白シャツや下着が入っている。ストックが少ないため、三日分たまったら洗濯する。衣装ケースは下着類用の小さなものが一つだけある。キャスターのついた衣類ハンガー掛けには普段、白シャツ三着、黒いダウンジャケットにグレーのストレッチジャケット、黒ストレッチジーンズ、黒ハーフパンツが掛けられているだけで、それが僕の所有する外出着すべてだ。滅多に着ないスーツはレンタルで済ませている。いつも白か黒かグレーの同じ服しか着ていないわけだが、他人からそのことを指摘されたりはしない。人は、他人のことなんかろくに見ていやしないのだろう。

白Tシャツとグレーのスウェットパンツに着替えた僕は、乾燥機能付きドラム式洗濯機をまわす。できるだけ物を持たずに暮らす志向の中にも様々な流派があり、洗濯機を所有する、しないの違いは、リトマス試験紙のような役割を果たした。

洗濯機という場所をとる大型家電の存在感に耐えられない人の中で、クリーニングや洗濯代行サービスに頼む派がいるいっぽう、洗濯板で手洗いする派もいる。手洗いには時間がかかる。洗濯に費やす時間の無駄をなくしたい人たちは、洗濯機を所有する。時間に対する考え方の違いが、そこにはあった。似た大きさの冷蔵庫に関しても同じことがいえる。その二つを持つ、持たないで、流派は大きく分かれた。僕は小さめの冷蔵庫を持っているが、最近、本当に必要かどうか、疑っている部分もある。継続して、考え続けたい。

長方形型ワンルームの奥に、ウォールナット天板とステンレスフレームのデスク、人間工学に基づき作られたハーマンミラー社製のアーロンチェアが置かれている。両方とも一〇万円前後した。物が少ないからといって金を使わないわけではなく、所有物を限定しているからこそ、高価でも長く使えそうな良い物をそろえている。

リュックから取り出したMacBook Proに、写真や音声データを取り込みながら、アーロンチェアに腰掛け部屋を見渡す。ベッドにフライパン一つ、鍋一つ、皿八枚、デュラレックスのタンブラー二つ、箸やフォークといったカトラリー類が各二人分、オールデンのローファーに、折りたたみ傘一つ、バスタオル代わりにもなる大きめのフェイスタオル六枚……視界に入っていない物も含め、僕は自分が何を持っているか、ボールペンの本数にいたるまで、すべて把握している。机周りやユニットバス、玄関等、場所ごとに順に思いだしていけば、とりこぼしもない。

自分の所有物をすべてリスト化しておくのは、基本だ。できれば頭の中に記憶しておくのが望ましい。持っているかどうかの照合のためわざわざリストを見ること自体が、無駄だからだ。意識せずとも、どうしても目が、羽根無しサーキュレーターにとまってしまう。六月にでもなれば使うだろうが、この狭い部屋では、クーラーの効きだって良い。窓を開けサーキュレーターの風で涼しさをえることに、こだわらなくてもいいのだ。サーキュレーターをなくせば、そのぶんのスペースは空く。そちらのメリットのほうが大きいかもしれない。

極論をいってしまえば、それがなくても生きてゆける。

このような思考回路だからこそ、買い物にも慎重だ。最近はアイロンとアイロン台を買おうか迷っているが、それらがなくても生活はまわっているし、結局出番が少なくて捨てるときを想像すると、やはり買えない。そもそも根本的に、アイロンがけが必要な服を着なくても済む人間関係の中で生きるようにすれば、このような迷いすら捨てられるだろう。

インターフォンが鳴った。宅配業者から小さめの段ボール箱二つを受け取った僕は、ベッドの上で開封する。一つは編集プロダクション時代に世話になった年上の女性編集者からで、「内祝」の紙が貼られたギフトボックスの中に、切子のワイングラスの赤と青が一つずつ、対で入っていた。彼女が高齢出産で無事に男の子を産んだことへの祝いに、僕はブランド物のベビー服を贈っていた。内祝いは厳禁でと伝えてあったが、律儀にお返しの品を贈ってきた。僕としてもその気遣いは尊重するものの、運営するサイト「身軽生活」の内容や監修している「ＭＵＪＯＵ」ブランドのコンセプトを、無視されている気がしなくもない。

赤と青の切子ワイングラスは薄く、見事な工芸品だ。自分では買わない華やかな工芸品を見るのは、気持ちが豊かになる。しかしこれを箱から出し、一口コンロしかない狭い台所のどこかに置いたら、どうなるか。赤と青のグラスは、空間からひどく浮く。どちらかが割れたり欠けたりして対でなくなれば、片方もよけいに場違いな存在感を放つだろう。

箱から出さずにこのまま売ったりあげたりする考えが頭をよぎるが、はたしてこれを大事にする人がいるだろうか。一時的に使ったとしても、そのうち捨てて、買い換えると思う。つまりどうせ次の人も捨てるのだ。物を捨てられない性格の両親にあげても、箱のままとっておかれ、両親が老人ホームに入るなり死後の整理をする将来、所有物の処分をするのはおそらく自分だ。

捨てを先送りにしても意味がない。どうせ捨てるこの物の生殺与奪を他人任せにするのは、甘えだ。せめて捨てる痛みを自覚し、己の手で迅速に処分すべきだ。幸いなことにグラスは、素材としてリサイクルしやすい。マンションのゴミ置き場にあとで持っていくため、僕はグラス二つをビニール袋に入れ、箱も折り畳み玄関に置いた。

もう一つの箱の差出人にはビルの名前と所在階までが印字されている。千代田区神田という住所からして、仕事でやりとりのあったなにかの媒体からだろう。箱の中には紙を丸めた緩衝材がしきつめられており、かきわけると、とある物があらわとなった。

B5判ほどの薄く小ぶりな額縁の中に、白黒の写真がある。どこかの展示会から送られてきた記念品だろうか。はるか上空から東京湾を写し白黒反転させた写真かと思いかけた次の瞬間、ぼやけた像の正体に気づいた。

胎児の、エコー写真だ。

写真の余白部分には、「AYANE&TAKESHI?」と印されている。

平衡感覚がおかしくなってきた。

誰だ？

これを送ってくるとは、どういうことだ？

伝票に記された住所とビル名で検索してみるが、心当たりのある法人名や個人名は出てこない。

脳裏に浮かんでくるのは、東京から山々を隔てた先にある、山梨での光景であった。

編集プロダクションで働き、ウェブサイトやブランドの運営をしている今に至るまで僕は、冴津武士（たけし）という本名でやってきた。このご時世にペンネームも使わず、随分と不用心だったかもしれない。そのことを、認めざるを得ないだろう。こんな物を送りつけられてしまっては。

先に目を覚ましたのは僕のほうだった。セミダブルベッドも、二人で寝るには狭い。いっぽうの井ノ瀬時子（いのせときこ）――僕の交際相手は熟睡しているように見えたが、僕がトイレから戻ると入れ替わりでトイレへ行った。

「おはよう」

台所で水を飲みベッドへ戻ってきた時子に言うと、時子も少し低い声で「おはよう」と返した。仕事帰りの時子と昨夜、スペイン料理屋でだいぶ飲んだ。僕は自分の携帯電話の時刻表示を見た。

「一〇時四八分」

僕がつぶやくと、時子は一度大きく伸びをして起き上がった。午後一時過ぎから、映画を見る予定だ。電子チケットも買ってある。

テレビをつけた時子は、クローゼットの扉を開けた。ハンガーに掛けられたおびただしい量の服がぎゅうぎゅうに詰められており、クローゼットとは別に衣装ケースもある。とにかく服が多すぎだ。服だけでない、１ＬＤＫの住まいのあちこちに、約二年前に引っ越してきたときから開けていないという段ボール箱等、とにかく物が多い。一年弱前につきあいだした頃は、百貨店の外商をやっている職業柄かとも思ったが、そのうちに関係ないとわかった。

「今日は昨日より寒いかも……このニット、先週も着たよね？」

「そうだっけ？　覚えてない」

「ま、いっか。かわいいし」

パジャマを脱いだ時子は今日の服を決めてゆく。彼女は服が好きで、色々なコーディネイトを凝らし僕と会ってくれた。クローゼットの中で、見慣れた服は数割だけだ。つまりこれだけ大量の服を持っていても、彼女はそのうちごく少数の服しか普段着ていないわけだ。

できるだけ所有物を少なくし、身軽な状態で暮らすことを提唱するウェブサイト「身軽生活」を運営している僕としては、自分の彼女が物に溢れた生活を送っていることに、思うこともある。かといって口うるさく、自分の価値観に無理矢理従える気もない。山梨の実家ではまず姉と同部屋をあてがわれ、中学一年時より、一階の物置代わりの狭い部屋に机を置き、僕の部屋とされた。そこで受験勉強もしていたから、散らかった環境は元来平気だった。

大学進学で高田馬場に引っ越してからは、僕の住んでいたアクセスの良いワンルームが、友人たちの溜まり場になった。狭い部屋にわざわざ来客用布団や使い捨て歯ブラシまでそろえ、快適に過ごしてもらおうと気遣っていた。〝家に人をたくさん呼んで過ごすのを、大学生活だと思っていた。異性関係にもものすごく時間をとられ、消耗していた。〟とでも、記事を書く時のモードの僕だったら表すところだが、当時の自分は実際にそれに近い状態であった。

時子がつけたテレビでは、世間で起こったニュースに対して、出演者たちがああだこうだ少しズレた持論や、話題とは関係のないギャグを披露している。家にテレビのない僕は、わりと見入ってしまう。最近会った人たちが口にしていた変なフレーズの元ネタがこの人だったのかとか、見聞きしていたが全然知らなかった単語や話題について、正解を知らされたような感覚になった。

現代人のテレビ離れとはよく言われるものの、それが大嘘であることが、テレビを持っていないとよくわかる。世間の人たちがいかにテレビの文脈で会話をし、ふるまっているかを、テレビを見ている当人たちは気づかない。自分では「テレビを全然見ない」と言っていても、所有している時点で、無意識のうちにかなり見ている。僕がテレビを持っていないとたまに話すと、未だに驚かれ変人扱いされるのが、その証左であろう。

「ブログの記事見た。あの圧縮袋いいね。買おうかな」

「時子はリュックに衣類とか全部入れて全国渡り歩いたりしないでしょう。物増えるだけだし、買わなくていいよ」

「あそう」

飲み会で出会った時子は、僕が今まで付き合ってきた女性たちの中で、例外的に早口だ。

「本当、クローゼットぱんぱんでどうしよう。この前もまたかわいいワンピース見つけちゃったんだよね」

「着ない服を、売るか捨てるしかないよね」

「だよね。彼氏が捨て魔なのに。おうちに服置かせてよ」

「そんなスペースないよ」

　着替えた時子はパジャマをクローゼット内の衣装ケースの上に置くと、扉を閉めた。中から押され、閉まりきっていない。一見、全然違う性格の二人が付き合っているようにも見えるが、そうともいえない。時子のような人こそ、自分の生活環境を劇的に変えたいと望んだ際、捨てにハマりやすい。

　捨てることは、高度な職能を体得し、収入を増やし広い家に住むというような、大変な努力や才能、財力を必要としないからだ。せいぜい粗大ゴミ処分料くらいの低コストで、狭い範囲の世界をがらりと変えられる。貧乏人でも劇的な効果を得られるから、不景気の世で、捨ては流行しやすい。

　物を捨てるのに目覚めた人たちの大半は、〝己の幸せを物に頼っていた〟という過去をもつ。表裏一体なのだ。目に見える状態が違うだけで、捨てまくる僕と買いまくる時子は、本質的に似ている。

　二九平米の１ＬＤＫには、段ボール箱やらプラスチックの衣装ケースなど、細々とした物が積み置かれてはいるが、大きめの家具はベッドとテレビボードくらいしかない。ローテーブルは折り畳み式のチープな物だ。彼女は普段、フローリングに敷いた絨毯の上で、クッションを自由自在に活用し過ごしている。

身体の大きさや体重が増えるほど、長めの背丈をカバーしたり、体重を分散させる家具が必要になるから、欧米人の生活には椅子やテーブル、ベッドが必要になる。小柄な日本人は体重が軽く畳に座布団でも大丈夫なわけだが、特に女性たちはかなりの割合で、床にクッションで過ごせてしまうようだ。僕は取材などでも女性たちの部屋へ行くたびに、感心してしまう。身体の快適さを保つために必要な家具が少なくて済むのは、憧れる。

「準備できた」

時子が玄関収納やたたきにまであふれかえった中から選んだ靴の紐を結ぶ間、僕は二足だけ持つ靴のうち一足、オールデンのローファーを履く。足に馴染んだ形を保つため、スニーカーのように履きやすい。前の交際相手からもらったものではあるが、純粋に物としてしか見ていないから、別れた今も捨てずに使っている。むしろ、物は良いのに、別れたからという理由だけで捨ててしまうほうが、執着し未練があるように感じられる。もう四年履き続けているわけだが、一応、時子には内緒にしていた。

最寄り駅近くの蕎麦屋で食べてから、電車を乗り継ぎ、銀座の映画館で鑑賞した。見終えたあとウィンドウショッピングをし、時子が以前から行きたがっていた外資系パンケーキ屋へ足を運んだ。プレーンのパンケーキが二〇〇〇円以上もする高価格帯の店だ。時子は価格を確認しながら、メニューを見ている。三三〇〇円の季節のフルーツセットが気になっているようだ。

「好きな物頼みなよ。季節のフルーツセット、食べたいんでしょう」

「えー、贅沢だよ」

「いいよ、それくらい」

「本当に？　ありがとう！」

二七歳の時子より五つ年上の僕がおごるのは自然な流れだが、このようなやりとりを毎回律儀にふんでいる。彼女からしたら、ライターをしつつサイトを運営し、グッズの監修をしているくらいの僕にどれほどの稼ぎと貯蓄があるか、わからないという気遣いもあるだろう。グッズの監修ではたいして儲けられないと、百貨店で物を売る仕事に関わっている彼女なら知っている。サイトで大きく儲けているとも考えていないはずだ。

機会がないから話していないだけだが、僕の収入の約半分は、株式投資の利益だ。配当金と売却益の両方を得ている。少ないトレード頻度で生活に必要な利益を得ようとすれば大きな額の元手がいるわけだが、それに関しては、編集プロダクション時代に取材した富豪トレーダーからの情報を元に、彼を真似たら運良く儲けられた。幸運が続くわけないと思い、今はミドルリスク・ミドルリターンで運用している。

短期トレードにおいて、僕の運用成績はどんどん良くなっている。昔はできなかった損切りが、躊躇なくできるようになっていったからだ。誰しも、買値より安く売りたくはない。しかしお金を儲けるには、感情を切り離す必要がある。そうしないと、もっとうまく投資し複利で増やすための時間と機会を無駄にすることになる。

感情を捨て数字を数字として扱うのが容易になると、トレードで儲けられるだけでなく、それまで捨てられなかった物も捨てられるようになった。否、順番は逆か。ともかく物を捨てることと損切りには、相乗効果がある。物を捨てれば捨てるほど、精神の鍛練を積め、僕は儲かるわけだ。

午後五時過ぎに、僕らはようやく席を立った。今日はこのまま別れて帰る。出入口近くのカウンターで伝票を渡し、「ＭＵＪＯＵ」の小さな財布からクレジットカードを出したまま、店員によるレジ入力を待つ。

「ミカエルつぶし」

後ろから聞こえてきた声に振り向くと、同世代くらいの男が、店の外へ出て行くところだった。

「ん？」

時子も僕の視線の先を追っている。

「レシートもらっておいて」

時子に言った僕は店の外に出た。さっきの男を捜すが、見当たらない。近くを少し歩いてまわるが、夕方の銀座の街は人通りも多く、諦めざるをえなかった。

僕にとって忘れられない固有名詞をささやいてくるとは、あの額縁に入った写真を送りつけてきた人物に違いない。いったいなんのつもりだ？　からかっているのだろうか。いずれにしてもどうやら、僕の過去の行いに関係しているらしきその人物は、今の僕を放っておいてくれる気はないようだ。

土曜日の午後二時、都内大型書店のイベントスペースで、青山優（あおやまゆう）の新刊『じぶんブランド3・0　～組織に頼らず好きなことで稼ぐ～』の発売記念イベントが始まった。テレビのコメンテーターやラジオ等へのメディア出演でここ最近世間に認知されてきた三二歳の彼女を一目見ようと、一二〇人の定員はすべて埋まっている。

著書の中で、必要最低限の物だけ所有し身軽になろうとも説いている青山とは、以前に二度仕事で会ったことがあり、新刊発売イベントをやらないかと彼女にもちかけたのは僕だった。

僕のサイトにも度々登場する、あまり物を持たず身軽に生きるコミュニティメンバーたちとのトークショーは、序盤から盛り上がりを見せた。小学二年生の息子をもつ専業主婦林田絵里（はやしだえり）がかなり饒舌で、進行役の僕は彼女のいきすぎたおしゃべりを抑え、四二歳の田澤修吾（たざわしゅうご）なんかにも話をふる。

「夢をかなえるには、生活をシンプルにして、大切なことに集中しなければいけません。それはこの本の中で、色々な事例をまじえながら何度もしつこく書いていて……」

青山優が喋る間、客席の最前列では一〇人くらいが、膝上に置いたノートパソコンや紙のノートに、うなずきながらメモを取っている。二〇歳前後から五〇代前半くらいまで、働く現役世代が多い。港区のシェアハウスに住み、服は一〇着しか持たず、メディアに出演したりワークショップを開いたりコンサルタント、本を書いたりと色々なことをやっている彼女にすでに心酔している人たちが半分、なにをやっている人かよくわからない彼女のことをもっと知っておきたいという人たちも半分くらいだろう。

〝肩書きをもつな〟がモットーの青山優は自己紹介では肩書きをつけず、「青山優」という名前だけで出るようにしている。その理由も新刊に書かれている。

「世の中には、相手にしてもどうしたってわかりあえない人たちがいます。相手にしないようにしないと、自分の人生をちゃんと生きることはできません。人生の時間はあっという間ですから。時間は有限です、ええ」

「青山さんのおっしゃること、よくわかります。六本木のマンションに無理して住んで、B&Bイタリアの数百万円もするソファーやメルセデスAMGを乗り回してた頃の僕なんて、いったいなにを追い求めていたんだろうって思いますもん。胃やられて一週間入院生活していたら、ふと、気づいちゃいました。健康な身体と、何人かの大切な人たち以外、なにがいるんだろう、って。人間は死ぬとき、あの世にはなにも持っていけないわけですしね」

外資系証券トレーダーの田澤が、会話の流れとずれたことを言う。

サイン会も含めたイベントが夕方に終了した後、客席にいた数人のコミュニティ仲間たちも合流し、軽く打ち上げるため居酒屋へ入った。

「はーっ、おいしい」

乾杯の後、青山優が本当においしそうに言った。全貌のつかめない働き方で世間の上の世代の人たちを当惑させておいて、こういったところでは親近感を覚えさせるような、絶妙なバランスが彼女にはある。青山と同じような活動をしている人は他にいくらでもいるが、理解されやすさという点でここまで秀でている人はいない。

主婦の林田絵里が早くも、白ワインをおかわりする。まるで家庭から離れ羽根をのばしているかのような飲みっぷりだ。僕も取材に行ったことのある、彼女が各ＳＮＳで公開している広めの１Ｋの部屋が脳裏に浮かぶ。物の数は僕の家と変わらないくらいだが、独身の僕と三人暮らしの林田家で同じくらいというのは、おかしなことだ。家族が増えればそれだけ必要な物や、余計な物も持っていたいという個々の価値判断基準だってある。妻であり母でもある林田の神経質さが空間へと具現化されたような、どこにも逃げ場のない部屋は、まるで刑務所のようだった。

「先月ようやく、広告収入の合計が月一五万円になってさぁ」

客席にいた三人のメンバーのうち、三五歳バツイチの草間雄二が、嬉しそうに喋る。彼は録画したテレビやラジオ番組に広告を貼り付け動画サイトに流したり、週刊誌や各メディアで発表された芸能ゴシップなどを九割以上書き写しただけのサイトに貼った広告の収入で生計を立てている。あらゆる著作権を侵害し違法に稼いでいるわけだが、たとえば動画に関しては所々編集を加えることで、今のところは著作権侵害のフィルターを潜り抜けられていた。アカウントが停止される度、対策を講じまた新しく作り直すらしい。

「僕のサイト、閲覧者はそれなりにいるんですけど、皆なかなか広告を踏んでくれないんですよね。収益化のコツは、なんですか？」

　隣に座る大学院生の篠田（しのだ）浩介（こうすけ）が、草間に訊いている。とりあえず大学院に進んだものの将来の展望もはっきりしない彼は、都内中のセミナーに顔を出すセミナーマニアになった。その一環で、物を捨てまくり身軽に生きている人たちに出会い、試す過程をサイトで公開したらハマっていった。ゴミ屋敷のようだった自身の部屋を、物のない部屋へと変えていったサイトの記事は、それなりに読み応えがあった。ただ、彼も他人の真似をしているだけで、似たようなサイトは他にいくらでもあった。飲酒で血行が良くなったからか、アトピーっぽい首をかいている。

「そんなに金、金言って、どうすんの。篠田くんはまだ若くてこれからなんだからさ、もっとやり甲斐のあること見つけなよ」

　一杯目からホットチャイを飲んでいる田澤が、向かいの席から諭すように言う。凄腕証券トレーダーとしての稼ぎで毎晩派手に飲み歩いていたらしいが、今では酒を完全に断ち、粗食を維持している。去年初めて出会った際は、当時四一歳という年齢のわりには長めで豊かな髪が印象的であったが、数ヶ月前から五分刈りになった。浮ついた心を捨てたのだという。都市で散々物や酒、女にまみれたあと、解脱したわけだ。

彼が坊主みたいな頭になった頃、僕は訊いてみた。金だけあっても仕方ないと言えるようになるには、どうすればいいかと。すると彼は答えた。精力的に動ける年齢のうちに、不動産を除外し最低でも一億円分の純金融資産をもてば解脱できる、と。金でできることの限界を体感的に知り、金だけあっても仕方ないと心の底から思えるようになるにはそれだけの金が必要で、本当は三億円くらいないと話にならないと、僕だけに語ってくれた。そんな彼は、一億円ももったことがないのに最初から自分の貧乏を肯定したり、貧乏を誤魔化す悟りもどきの態度をとる多くの〝物を持たないで幸せに生きる人〟たちのことを、どこか見下しているような言動を、時折した。

たしかに、金を使って体験できることは実に多い。人は、体験していないことには憧れるものだ。広い家に住むことだって、本質的には体験だ。だから物質的な豊かさより心のゆとりを大事に生きるという人たちも、大金を手にしたらほとんどの人たちが今より広い家に住み、物を買いまくるだろう。だから、一億円ももったことのない人の解脱ごっこは胡散臭く、強がりにしか見えないという理屈は、正しい気がする。

田澤と同年代の鈴木(すずき)は、僕のサイトでたまにペンネームで記事を書いてくれる。名前を出すのは嫌なようで、裏方の仕事に徹している。報酬の受け取りは現金にこだわった。カード類を持っていないかわりに、いつもパスポートは持ち歩いている。このコミュニティには出たがりな性格だったり、物を持たない生活をアピールして金に換えようとする人たちが集まっているが、鈴木の家だけは公にされたことがない。なにかの集まりのときには解散後に乗る電車の方面がいつも違うので、特定の家に定住せず、ホテルや簡易宿泊所なんかに寝泊まりしているのかもしれない。いつも大きなリュックサックを背負っているが、全所有物がそれにおさまっているのだとすれば、相当な達人だ。寡黙で大柄な鈴木に対し、不思議と誰も詮索しない。質問をよせつけない雰囲気があった。

できるだけ物を持たない生活を志向する人たちの中にも、色々な流派がある。最終的にはトランクケース一つ分の所有物で生活したい派、ベッドやソファー等の大型家具を持っているが所有物の点数自体は少ない派、自宅に物は少ないだけで実家やトランクルームには物を沢山置くのを良しとする派、洗濯機等を持たず家事に時間を浪費することも厭わない最小限物質主義派、ペットに依存する派とペットにふりまわされたくない派……様々なこだわりを組み合わせ、個々人により差異化がはかられている。

ただ、ほぼ三〇代以上の人たちばかりで構成される皆に共通するのは、物はいらなくても金はいるということであった。今の時点で物はいらなくても、物をいつでも買い所有できる安心感は、必要なのだ。

だから捨てにハマるのは、物なんていつでも買えると思っている経済的余裕のある人間か、限られた可処分所得の中で幸せを感じようとする貧乏人のどちらかにふれている場合が多い。

この集まりも大学院生の篠田以外、全員三〇代以上だ。二〇代半ば頃までの若者や、その対極にある老人は、物をためこみたがる。増やすのが難しければ、ためこむしかないからだ。だが若者の場合は、三〇歳頃から力を得て強気になり、いつでも買い直せばいいと捨てる思考に変わることもできる。

午後六時過ぎには地下鉄に乗り帰路についていた僕は、立ちながらスマートフォンでウェブブラウジングをしている途中、ぐらつきを感じ、つり革に強くしがみついた。電車が急停車したのだ。車内放送によると、地震を感知したらしかった。地震には一切気づかなかった。

一応僕は、リュックの中にいつも、細長い救命ホイッスルを携行している。家には携行食糧等もある。物を持たない志向の人たちは、洗剤や調味料などの余計なストックこそ持たないものの、防災グッズや水といったものに関しては準備している人たちが多い。必要な物を吟味してゆくと、自分の命をつなぐための物は必要だという基準にたどりつくからだ。おまけに部屋に物が少ないと考えることも少なくなり、結果的に震災について考えがちになる。あるいは、物を捨てる理由の補強として震災に頼る側面もあったりするから、防災グッズをそろえないと矛盾が生じる。

やがて電車が、運転を再開した。

マンションの郵便受けから書類をすべて抜き取り、自室に入ると玄関で選別し、チラシの類いは廃紙ボックスに捨てた。今ではその行為になにも感じていないが、昔は違った。

大学三年の終わり頃から就職活動を始め、就職仲介サイトに登録すると、説明会案内や企業からのダイレクトメール等が山ほど届くようになった。はじめはどれも開封し、わりとまじめに読んでいた。自分に適した企業に就職すれば、気づかなかった己の可能性を開花させられるかもしれないと、思っていた。ただ選択肢が多すぎて迷うのも事実であった。だからこそ、自分が興味を抱けない企業や業界からのダイレクトメールをまとめて捨てるとそのぶん、自分の人生設計が整理され、前に進む気がした。

ダイレクトメールを捨てるのが快感になってゆくと次第に、余計な紙の資料や街中で配られているチラシまでわざわざもらうようになり、家に持ち帰って捨てた。捨てたいがために外からなにかを持ち帰るという、倒錯した状態がしばらく続いた。

大学時代のうちにその馬鹿な行動も止み、商社に入社して以降、本格的に捨て志向が強くなっていった。短期間での転勤が相次ぐうちに、どうせ引っ越しをするのだから家財道具や持ち物を少なくしようと、少ない所有物で生きてゆくゲーム性に惹かれていった。

打ち上げでは軽くしか飲食していなかったため、僕は肉野菜炒めを作って食べ、食後に紅茶を淹れる。腹を休めがてら、所有している数少ない紙の書籍のうちの一冊、『ＶＡＮ ＬＩＦＥ』を手にとった。電子書籍を買うようにはしているが、このお気に入りの写真集だけは、紙のバージョンを所有している。フォルクスワーゲンやフォードのバンの居住性を高め、移動しながら車内で暮らす光景は、僕にとっての最小限所有物生活の理想型である。欧米諸国で撮られた、海辺や森の中、岩だらけの場所、砂漠、雪山の道等にバンが写っている写真のどれもが、画になっていた。窓ガラスの外には絶景が広がっていて、飽きたらまた移動すればいい。車自体が家だから、家に帰ることも考えずに済む。

都心住まいで物をあまり持たない生活を追い求めている一部の人たちにとって、家財道具一式を大きな車に積み移動生活をするのは、憧れになりがちだ。日本でそれをやろうとすると、郵便物や住民票の問題があり、土地を借りたり誰かに転送を頼んだりと、結局人に頼らざるを得ず、完全に自由になるのは難しい。

より現実的なのは、バンという大きな所有物に頼らず、トランクケース一つぶんの荷物でホテル等を転々とし、身一つで自由に暮らすことだろう。ともかく、所有物が少ないから家の中でやることがなくなり、能動的に外へ出るしかない状況においやられるイメージが、好きなのだ。

ただ情けないことに、物を極力持たない生活の啓蒙に努め稼ぎを得ている僕であるが、現実としては、トランクケース一つぶんの所有物生活には程遠い。「ＭＵＪＯＵ」ブランドの起ちあげに際し合同会社も設立したから、保管しておくべき印鑑や書類だって増えた。税務書類なんか七年間分はとっておかなくてはならない。捨てられない物は他にも色々あった。

大学時代に買った、ギブソンのエレキギターだけはどうしても手放すことができない。その他の趣味の物に関しては、すべて手放せた。高校時代まで部活で野球をやっていたが、野球道具はなにも持っていない。スポーツ用品はそもそも消耗品だし、身体の神経に野球の動作が記憶として残っているから、物に頼る発想にはならなかった。ギターはそうもいかない。大学で友人に誘われ入った軽音サークルで、僕はギターを弾いていた。大きな音量で仲間たちと演奏することに、あの頃は熱中しきっていた。

道具を捨てるということは、その道具を活用し上達した末の、なりたい自分像を捨てることでもある。未来の自分を投影させる物は、思い出の品より捨てづらい。僕はベッドの下からギターを取り出し、耳でチューニングすると昔弾いた曲をアンプにもつながず弾く。今さらプロのギタリストになれはしないが、一般人でもＤＴＭ環境が整えられるようになった今、なにかしら形にできるのではないかと思ってしまう。三二歳の自分がそれをやろうとするには、遅すぎるか。わからない。それをはっきりさせるためにも、これからしばらく、またギターの練習にはげめばいいのかもしれない。

しばらくギターの練習をしたあと、今日のイベントの音声データ等をバックアップしておこうと、MacBook Pro に iPhone とＳＤカードリーダーを接続し、４ベイのＲＡＩＤ ＨＤＤと無線接続させる。パソコン本体のデータ容量が少ないため、音声や写真、動画等ほとんどのデータは、ＲＡＩＤ ＨＤＤに保存していた。14ＴＢのＨＤＤ四基を搭載したＲＡＩＤ ＨＤＤの中では、無線を通じ送られてきたデータが、四基のＨＤＤに分散された状態で保存される。一つのデータを二つずつに複製して保存するから、バックアップは万全だ。仮にどれか一基のＨＤＤが破損したとしても、その一基を取り替えれば、バックアップしてあった他のＨＤＤに残っているデータから、元のデータを複製できる。思い出の写真や卒業文集などはとっくにスキャンし、デジタルデータ化していた。仕事とプライベート両方のあらゆるデジタルデータが、ＲＡＩＤ ＨＤＤの中に入っている。やがて今日の記録も、ＨＤＤ内に取り込み終えた。

やるべきことをこうして一つずつ終え、頭の中をすっきりさせてゆくことが、僕は好きだ。その性格は、物を捨てるようになってから、よりはっきりしてきた。ただ、弊害もある。最近ずっと頭の中に、ゴミのようなひっかかりがあった。少しでも厄介なことがあると、さっさと解決し頭の中をクリアーにしたいという衝動を、僕は抑えきれない。厄介ごとへの耐性が、昔よりなくなっているわけだ。

判断に迷いベッドの下に置いていた小さな段ボール箱を取り出す。神田の住所から送られてきた宅配物。中の額縁を手にとり、デスクの上に置いた。

モノクロの胎児の、エコー写真。内臓をあらわす白い像の一部にぽっかりと楕円形のような黒い穴が空き、そこに丸まった白い像がある。むしろ黒く写る空洞部分のほうが物質感があるように見えたりもするが、真ん中の白い像が頭の大きな生物のそれだとわかると、白く柔らかい壁である子宮と羊水の黒い空間が、小さな部屋に見えた。

こんな写真はさっさと捨ててしまいたい。しかし、迷惑行為の証拠品として保管しておいたほうがいい気もしている。アルミでできたＢ５判サイズの額縁自体がかなり薄い作りで、場所をほとんどとらない。まるで送り主は、物をすぐ捨てる人間でもすぐ捨てる気にはなれない大きさの物を、考えたかのようだ。

再び、伝票に記載された住所を見る。既に覚えてしまっていた。こちらから行ってみない限り、頭の中にずっとあり続けるこの掻痒感も、消えないのだろう。

小雨も止んだ曇り空の下、雑居ビルの並ぶ通りを歩く。飲食店のランチ利用客も減る時間帯で、人気(ひとけ)は少ない。編集プロダクションにいた頃から時折ライターもやっている今に至るまで、神田界隈には足繁く通ってきた。目的の五階建て雑居ビルのエントランスに着いたとき、このビルに入るのは今日が初めてだと確信した。

ステンレスの郵便受けは南京錠やダイヤル錠で施錠する古いタイプで、各フロアに二つくらいまでのテナントが入れるようだ。店名なり法人名がシールで表記されているのは、二階のインド式マッサージ店と、四階の税理士事務所だけだ。エレベーターに乗り、五階のボタンを押す。

扉が開くと、白い照明の明るい空間に、受付があった。顔を伏せていた二〇代後半くらいの女性が、伏し目がちに顔を上げる。

「突然の訪問ですみません、私、御社から宅配物をお送りいただいた冴津と申します。この伝票で荷物をお送りいただいたご担当者様は、いらっしゃいますか？」

僕は剝がし取った配送伝票を念のため見せながら言った。伝票には、ビルの名前と階数までしか表記されていない。

「会社名等はおわかりですか？」

「いいえ」

伝票を受け取った女性が「こちらでお預かりし発送したものかもしれませんので、少々お待ちください」と言い、ファイルを開き調べ始めた。まわりを見るとドアがいくつもある。このフロアだけでいくつもの法人が入っていて、事務職員の女性が一人だけいるとは、ここは小規模な法人が登記のための住所と固定電話番号、最低限度の空間を確保するための、レンタルオフィスだろうか。

「日本通商興業様から頼まれたお荷物をこちらから発送しております。お繫ぎいたしますので少々お待ちください」

そんな法人名は知りもしない。事務の女性が内線を鳴らしたのとほぼ同時に、近くの部屋のドアが開いた。黒い綿パンツにネイビーシャツの男が、僕の顔を見ながらゆっくりと近づいてきた。

僕と同年配のその男は、僕が誰であるかを確信したような目つきでいて、僕も彼が誰であるかを特定しようとする。しかし、誰だかわからない。

「久しぶりですね」

この男は、誰だ。

僕が当然ここへ訪れるものだと思っていた、つまりはあの額縁に入った写真を送りつけてきた当人だろう。

「忘れました？　冴津さん」

「荷物送りつけてきた人？」

僕が訊ねると、男は微笑をもらしながら頷いた。

「相変わらずおっかないな、あなた。記憶もなんでも捨てちゃうんですね。今やられてるお仕事と同じで」

喧嘩腰に言われ身体が動きかけたが、理性で律する。

「すみませんが、どちら様ですか？」

深呼吸し敬語で言うと、男は「サライです」とつぶやきながら、出てきた一室へと招き入れた。通された〝日本通商興業〟のオフィスには簡素な机と椅子が一セットと、積み上げられた大量の段ボールがあった。アルミブラインドのかけられた小窓から入ってくる明かりのおかげか、狭苦しさは軽減されている。

ふと、あのエコー写真の胎児が生きていて、目の前にいる男へと成長したのだと考えてみた。ただ男は三〇歳前後で、あれは十数年前だから、計算があわない。

一脚しかない安手のオフィスチェアに座ることを促され、彼自身はパイプ椅子に座った。

「更伊(さらい)綾音(あやね)の……」

「弟ですよ」

その返答を聞かされても、彼の容姿に更伊綾音の面影を見るということもなかった。更伊は名刺を渡してきた。日本通商興業代表取締役の、更伊伸浩(のぶひろ)。「一人で零細専門商社をやっている」らしかった。

「そちらの、物を捨てまくる商売は順調ですか？」

口ぶりからして、サイト「身軽生活」の運営に「ＭＵＪＯＵ」ブランド商品販売、ライター業といった僕が今やっている商売について、かなり入念にリサーチ済みのようだった。

「物を捨てまくる商売、と言われたことはなかったけど」

「あんたらしいよ。胎児まで捨てさせちゃうんだもんな」

僕は息が詰まる思いがした。あらためて、目の前にいる男の顔に、高校の同級生だった女の顔を重ね合わせようとする。やはり、しっくりこない。

「悪ふざけみたいにミカエルを潰したり、他人に一生残る障害を負わせたり、友人の彼女を寝取って堕胎させたりしたあんたの過去を、地元の人間たちが忘れると思う？」

現実感のないことを言われている、という気がした。彼のような言い方で言葉にされるとそうなのだが、自分の見てきた記憶の断片をつなぎあわせると、彼の言葉が具体性をもつ。

「崩壊させた家庭の末っ子なんて、知りもしないか」

「崩壊？」

姉が堕胎したことで更伊家では諍いが多くなり、両親は離婚、姉は母に、彼は父に引き取られたという。

「姉の記憶も捨てたかもしれないけど、伝えておくよ。二〇歳で結婚して娘が二人いる姉は、最近二度目の離婚をしたよ。大阪で水商売やってるけど、肝臓も悪くして、まともな道から外れたままだ。父親はとっくにボケたし、母は、先々月に亡くなった」

「……お気の毒に」

僕は、お母さんが亡くなったことだけをさすように、つぶやいた。しかし彼は、それら全ての原因が僕にあると、責めてきているのか。

　彼が原因だとしている高校時代のあの件についても、正確なところ、三回だけ交わった同級生がはらんだ子供が誰の子であったかは、わかっていない。ただ僕は安全日だと推測した日に避妊具をつけずしたこともあると正直に告白し、彼女と正式につきあっていた友人は、いつも避妊していたと、怯えを隠すような怒り顔と声で主張した。あの狼狽えぶりはおそらく、友人自身も避妊せず行為に及んだことがあり、身に覚えはあったのだろう。そのことは隠し、馬鹿正直に打ち明けた僕にすべてをなすりつけてきたわけだ。

「母には、もっと会っておけばよかった。あんたのせいで疎遠になってたけど、病状を知らされ病院へ通うようになってからは、本当に後悔した。ただ、俺ももうすぐ死ぬんで」

　更伊は顔の左半分のえらを見せてきた。そしてえらではなく、耳の後ろにある傷跡を見せてきていることに気づいた。

「耳の聴こえが悪いと思って診てもらったら、癌で。手術でいったんは治ったけど、転移してる可能性が高いんですよ」

「それは……災難続きだね」

「いいんですよ。捨てまくってきた冴津さんと違って、一応は、この世に自分の遺伝子を残したんで。かわいいですよ、三歳の女の子。会えやしないんですがね」

「会えない？」

「接近禁止命令を出されてるんですよ、裁判所から」

彼は机の上に立ててあった小さなフォトフレームを、自分だけに見えるように手にとった。

「元妻にはＤＶをふるい続けた、ってことになってしまって。そう見えるような証拠を集められちゃ、こっちはひとたまりもなかったし、事実として、暴力をふるった時もたまにあったんです。悪いと思ってますよ。でも、自分の意志じゃなかった。ふとした時に、わいてでてしまうものだった。その自発的じゃない行動は、環境のせいで身についたふるまいでしょう？　父は俺をひきとってからますます暴力をふるうようになったし、父をそんなふうにまで変えてしまう引き金をひいたのは、あんたですよね」

いきなり向けられた矛先に、僕は言葉を返せなかった。

「思ったんですよ。正しいことをしておきたい、って。歪みは正されるべきだ。娘にも会わせてもらえない俺は、せめて死ぬ前に、あの子らが生きる世の中を良くするしかない。大きなことはできないけど、せめて自分の身近にいる悪人には、罪を感じさせるべきだ。真っ先に、あんたの顔が思い浮かんだ」

送られてきたエコー写真と、もう実は全然覚えていないに等しい性行為の記憶が、僕の脳裏で再生される。ある角度から見るとそれは友人の家であるし、夜の駅前駐輪場の無人のスロープにすり替わりもする。

「あんたには、感じてほしいんだよ。自分の罪を」

「……謝るよ。反省してる」

僕がそう口にしても、更伊の嘲笑うかのような表情は変わらなかった。

「俺は復讐しに来た。でもそれだけじゃない。冴津さんを救いにも来たんだよ。魂の救済もあるけど、そういった意味あいだけじゃない。現実の話として、ひどく具体的なことに関して、助言しに来た」

更伊は持っていたフォトフレームを、机の上に置いた。

「うちの会社は、初期には地元でもかなり手広く商売をやってて。そのつながりで入った情報で、最近出所してきたとある人が、酒の席で、冴津さんのかつての悪行を周囲に話したんだって。その中で、別のとある人の身体が欠損した経緯の真実についても、語られた」

僕は、数度会っただけの男の顔を思いだそうとする。

「当時、冴津さんは一度、囲まれて問い詰められたんでしょう？　でも、いつも不良連中とつるんでいたわけでもなく立ち回りが上手だったあんたにやり返すほどには、他校連中は確証をもてていなかった」

僕は無言でいる。反応に困っているわけではない。忌まわしいことを認めるのに、抵抗があった。

「でも、実際にその人を拉致して身体を損ねたグループとあんたが親しくしている写真が、出てきたんだよ。ビリヤード場で仲良く撮った写真、覚えてない？」

「いや」

「十数年前のそんな写真が今さら出回っても、あんたや、皆にとっては単なる懐かしい写真だろうね。たった一人を除いて」

その写真が、現像されたL判の写真なのか、デジタル画像なのかはわからない。どちらにしても、とんでもない不快さが僕にもたらされた。

「その人も生まれ育った街でずっと生活し続けるうちに、一部分が失われた自分の肉体にも、慣れていったかもしれない。でもどうだろう？　それが引き起こされた原因についての真実を、今になって知らされたら。騙されていたぶん、当時より増幅された怒りに、包まれているかもしれない。だから忠告しに来たってわけ。常日頃の警戒心、そればかりは捨ててしまわないようにしたほうが身のためですよ、冴津さん」

新宿から特急電車に乗った。車窓から見える景色は、山々を通り抜けるうちに、色味を失ってゆく。曇りだからというのもあるが、やがて盆地に入ってからも色のない感じは変わらなかった。

一時間半ほど乗車し目的の駅で下車した僕は、綺麗に整えられた駅前ロータリー周辺を見回した。蔵のように古風な外観の建物が点在しているが、本当は築年数の浅い建物が多く、自分が観光客にでもなったかのような気さえする。

正午から開始の法事に呼ばれていた。迎えの車はまだ来ていない。

なにも食べず家を出ていたため、パン屋に入った。めんたい高菜パンを選び若い女性店員相手に会計している間、奥の厨房から視線を向けられていることに気づいた。目を逸らした男性店員の顔をよく見ると、高校の同級生だった。

顔は覚えているが、名前はわからない。一緒のクラスになったことのある彼について僕がちゃんと覚えているのは、自分の弁当を午前中に食べ終えていた僕が、四時限目の体育の授業が終わり昼休みになってすぐ、彼の弁当を勝手にぜんぶ食べたことだ。少し遅れてやって来た彼がいざ自分の弁当を食べようとした際、中身が空であることに気づいた。僕の盗み食いを数人が面白そうに話すと、彼が突然つかみかかってきたので、僕は彼の顔面を机の端にぶつけた。その際に、木の天板のささくれでひっかいた線傷が、彼の右鼻の横にできた。あまり大声も出されずに行われ目撃者も少なく、彼がその後教師にチクることもなかった。

久々に遠目から見ると、線傷はなくなっているようだ。先に僕に気づいた彼は、挨拶すらしてこない。過去の僕の印象が、あまり良いものではないのだろう。

父方の親戚の家で祖父の一三回忌が終わると、用事があるらしく姉はすぐ千葉へ帰り、僕はいったん実家へ帰った。木造一軒家の二階の、昔姉の部屋だった客室のベッドで、身体を一休みさせる。

それにしても、物が多い。僕が子供の頃から置かれている大きな衣装棚に、ハンガーラックや段ボール等、客室というより物置部屋だ。今は両親二人しか住んでいないのに、どうしてこんなにも物が多いのか。

空間に物が多すぎる不快感にさいなまれると同時に、高揚感を覚えているのも事実であった。家中にまだ、捨てる物がたくさんある。渋谷区の自宅には、もう捨てるべき物はほとんどない。

起き上がった僕は、クローゼットの扉を開けた。目立つところにボックスティッシュのストックが一〇個以上と、祖母が施設に入った今、ここでは使わない老人用紙おむつもある。それに壊れたミシンや、ありとあらゆる家電製品の元箱が畳まれもせずそのまま保管されている。

もちろんこれまでに、この家の物を捨てさせようと、何回も試みてきた。指摘されて両親が素直に捨てる物もあったし、僕が強制的に粗大ゴミ回収の予約をして捨てさせた物もあった。僕が二〇代半ばくらいの頃までは、断りもなく勝手に捨てたりもしていた。

だがやがて、僕が勝手に捨てたり、捨てることを個別の物ごとにすすめても、あまり意味がないことに気づいていった。空いたスペースぶんだけ、またなにかを持ち込んでくるためだ。重要なのは捨ての心理を両親にたたきこみ、根本から変えることなのだが、それが難しい。

近年やっているのは、家中の使っていない家電の電源コードをコンセントから抜いてみたり、共用スペースに置かれている使っていない物を、一時的に一階の物置部屋の奥にしまうという試みだ。数ヶ月以上不自由なく、存在すら忘れてしまうようなら、不要だ。それを認知させる。

その思考回路は、他の場面でも活かせるようになる。別居していた友人夫婦が最近、離婚した。世の中高年夫婦の大多数だって、そうしないから一緒にいるだけで、実験的にでも別居した場合かなりの確率で、妻のほうは戻ってこないのではないだろうか。自分の両親も特に仲が悪いわけではないが、そうなる気がする。

家中をチェックし、サイトのネタになりそうなものを写真におさめたりしているうちに、「遅めの昼食」だと呼ばれた。法事ではサンドウィッチ等の軽食しか出なかった。夜は外で食べると伝えていたが、母は昼食にもかかわらず天ぷらや炊き込みご飯の他、数々のおかずも作ってくれた。

「ご飯も味噌汁も、まだおかわりあるよ」

茶碗の炊き込みご飯を半分ほど食べた僕に、母が言う。

「サンドウィッチ食べたから、そんなには」

「あらそう」

上京する前、高校時代までの僕の食べっぷりが、母の脳には固着してしまっている。最も代謝が高かった頃より食べなくなったのは当然だし、物を捨てる思考が強くなるほどに、身体に余計な肉がついていることに疑問を覚えるようになった。贅肉だって、もとは別の動物の肉体だったり、大地の恵みだ。地球上の質量の合計は変わらない。天ぷらの衣を半分以上箸で取り除くことで、僕は自分の身体の質量と地球の質量を、調整するのだ。肉体も、多くをもちすぎてはならない。

食後、太らないための運動がてら、僕は風呂掃除をする。脱衣所に足を踏み入れてすぐ、洗面台に置かれたコップへ目がいった。表面の細かいひび割れで白い粉がふいたようになっているグレーのプラスチックコップは、僕が子供の頃からある。バスルームには、数年前に僕が買ってきた座面が高めの椅子の他に、僕が物心ついた時にはあった座面低めの椅子が置いてあった。椅子は二つもいらないだろうに、古いほうの椅子を捨てるよう僕がいくらすすめても、母が頑なに捨てようとしなかった。

味わい等とは無縁でただ劣化しただけの古い品々に囲まれながら、タイルの目地にブラシがけしているうちに、それだけ、両親は物を買い換えない人たちなのだと思う。僕らのように、最小限のより便利でスタイリッシュな物に買い換える人間たちのほうが、多くの物を買い、捨てる。

家を散らかしている両親のほうが、物欲は少ない。溜めたいだけなのだ。目に見える空間に物があるかどうかの違いだ。すぐ売ったり捨てたりする僕みたいな人間より、二十数年前のくたびれたプラスチック製品を頓着なく使い続けている人たちのほうが、地球環境には優しい。物にとらわれているのはどちらなのか。

友人たちと会う夜まで、時間がある。僕はバスと歩きで、父方の祖母が入居している老人ホームへ向かった。親戚たちは、祖母を法事へは連れて来なかった。もう祖母にそういう行事や誕生日等の日付感覚がないらしいのと、ホームから連れ出す手間を皆避けた。

大部屋の、カーテンで仕切られた祖母のベッドに顔を出したが、そこに祖母の姿はなかった。するとと後ろから女性に声をかけられた。

「冴津さんですか？　今、お風呂行かれてます。あと一〇分くらいで戻られると思いますよ」

ベッドの横に置かれた椅子に腰掛けた僕は、手持ち無沙汰でスマートフォンを操作する。「身軽生活」のコメント欄やＳＮＳ等をチェックしたあと、気づけば「坂口安吾」と画像検索していた。

足の踏み場がないほど散らかした和室にあぐらをかき執筆している昔の小説家の写真を、どういうわけか定期的に見てしまう。作品を読んだことはないが、『堕落論』という作品を書いたことは学校の授業で習った。こんなに部屋が散らかっていれば、たしかに、堕落について考えそうなものだ。机の上の原稿や辞書類はともかく、布団や衣類、書物や新聞紙等はしまうなり捨てるなりして、整理すればいいのに。いつも同じ感想に帰結するのに定期的に見てしまうのは、反面教師を求めているのか。

祖母のスペースに割り当てられた収納棚は、角が丸く加工された茶色い棚だ。事業者は中古品を安く仕入れてまわったのか、ベッドと木製スツール以外の家具はすべてバラバラだ。実家に季節外の衣服が少しあるだけで、祖母の持ち物はほとんどすべて、あてがわれたこの収納棚に入るぶんでおさまっている。もう少し元気だった頃、物を捨てずにとっておく性格の祖母であったが、本人の意志でないかもしれないとはいえ、結果的に今では僕よりよほど少ない所有物で暮らしている。時折ここへ訪れる度、自分の鍛錬の足りなさに気づかされた。

特に、祖母が物を溜めこむ性格であったからこそ、そう実感する。戦争や貧困を知っている人たちは、物への飢えが強烈に刻み込まれるらしい。物のありがたみがわかっていない、という一点張りしか言えない人たちに対し、物を手放していい理由を僕らはいくらでも挙げられる。いっぽうで、そんなふうに見下してもいいものなのかと、たまに感じた。

やがて車椅子で運ばれ戻ってきた祖母の目の焦点が、僕にあった。

「ああ、武士、来てたの」

何人かいる孫たちのうち誰であるか、間違えなかった。ベッドに腰掛けた祖母から、近況について聞く。前回正月に来た際は覚えていたことを数ヶ月後の今は忘れていたり、逆にもうとっくに忘れていると思っていたことを覚えていたりした。どれを捨てるか自分で選べないものの、捨てていい記憶は自然と捨てているらしい。記憶の捨て方が上手いとは、憧れる。僕の頭の中には最近、大きな異物があった。

更伊から聞かされたあの情報。十数年前の事の真相が今になって伝わりだして、それに怒り復讐してくるかもしれない者がいる。その不快な雑念を自分の意志で捨てようがない。それらが杞憂であったという確証を得たいがために、僕は法事を終えてもさっさと帰ることなく、今晩友人たちと飲む約束をしたのだ。

老人ホームをあとにすると、約束した店のある飲食店街へ向かう。ふと、焼き杉板で作られた黒い外観の、モダンな蔵ふうのカフェに気づいた。知らない間に建てられた店にどんなものかと入ってみて、本日のカフェを注文し、小窓に面した席に座った。ベビーカーも置けるくらいゆったりとしたつくりの店内には、子育て世代くらいの客が多い。この店ができる前は、なんの店だったか思い出せない。しかし僕が上京した頃くらいまではなんの店があったか、覚えている。洋食屋「ミカエル」。僕らが潰した店だ。

中年男性の店主が、不快な奴だった。小学校六年生だったある日、なにかのイベントのあとに親に渡された小遣いをもち友人たちと訪れクリームソーダを頼んだところ、会計時にパフェの料金を要求された。そのときは泣く泣く払ったが、中学生になって以降、同様の目に遭った人間が沢山いたことを知った。他に集まれる場所の選択肢が少ないため、その後も仕方なく学校帰り等たまに訪れていたが、小さいことで説教を垂れてきたり、店が遭ったなにかの被害について疑ってきたり、不愉快なことが続いた。ある日、店主が援助交際をしているという目撃談で盛り上がった。相手は僕らと同じ高校の、わりと地味な同級生だという。証拠写真を撮り街にばら撒くことを提案したのは僕だった。数人で実行すると如実に客足が減り、追い討ちをかけるよう定期的に投石し窓ガラスを割った。数ヶ月後、僕が上京したてくらいの時期に、ミカエルは潰れた。

壁に面した無垢材のテーブルは、茶色いペンキで塗られていたミカエルのテーブルとは全然違う。コーヒーを飲みながら外を見ると、通りの向かい側の景色だけは当時と変わっておらず、奇妙に感じた。ミカエルは遅かれ早かれ潰れたはずだ。僕らでそれを早める必要もなかったが、当時の自分は、考えついたらそれをとどめておくことなくすぐ行動した。理性を司る前頭葉が発達しきっていなかったのかもしれない。

カフェを出ると、居酒屋へ歩いて向かった。あまり車通りのない狭い通りを一台のコンパクトカーが結構な速度で僕のすぐ横を通り過ぎ、赤信号で急停止した。頭のおかしなドライバーか。僕の歩く方向に停まっているため近づき軽く車内をうかがうと、一人で乗っている男がなぜか僕を睨んでいた。交通の流れを妨げるようなことはしていない。通り過ぎてから後ろを振り返ってもまだ睨んできている。明らかに、敵意を向けられていた。四〇歳前後のその男に、なんの覚えもない。僕が覚えていないだけで、彼は僕となにかかかわりをもったのか。やがて青信号になり、車は僕の横をゆっくりなめるような遅さで数秒流したあと、急アクセルの荒々しい発進音と共に去って行った。

中学時代から仲良くしている三人と海鮮居酒屋で落ち合い、それぞれが何杯目かの酒を飲む頃には、全員の声が大きくなっていた。

「だからさ、このあとみんな乗せてやるから、ハイラックス。岸井(きしい)は腹出過ぎてヤバいから、荷台だけど」

最近商用ナンバーのピックアップトラックを買いカスタムもしているという大友(おおとも)が、ジョッキのビールを持ちながら言う。

「おまえ、飲んでるじゃねえかよ。なんで車で来たんだよ。代行呼ぶか明日取りに来い」

煙草の煙を吐きながら岸井が言い、「俺は飲んでないから代わりに運転できる」と続けたシュンはソフトドリンクしか飲まず料理を食べまくっているが、そもそも運転免許を持っていなかった。

「大丈夫、飲酒運転くらい平気だって。保険金詐欺よりマシだ」

「馬鹿野郎、保険金詐欺のほうがマシだろ！　たかが金の問題で、事故って誰かに迷惑かけたわけじゃないんだし」

僕が大きめの声で言うと、皆笑った。保険金詐欺といっても、だいそれたものではない。僕が大学二年時の夏休みに帰省した際、ここにはいない別の友人が親から譲り受けたベンツの四人乗りオープンカーに皆で乗り、遊んでいた。外れにある潰れたパチンコ屋の広い駐車場でドリフトの練習をしていたとき、友人がミスして車を電柱にぶつけた。ベンツの左側前方が、大きくひしゃげた。私有地で変な遊びをしていたから、保険金も出ない自損事故だ。深夜に皆が意気消沈する中、僕が提案した。公道で事故を起こしたことにしようと。そこから皆で力をあわせ、動かなくなった車を押し一〇〇メートル以上移動させ、めぼしい電柱に何度か人力でぶつけた。警察と保険会社にはそこで事故を起こしたと説明し、友人は保険会社から修理のための保険金を出してもらった。発案者の僕は、彼から発案料として三万円もらった。ここにいるシュンも当時それを手伝い、五〇〇〇円くらいもらったはずだ。

「たしかに冴津が人の飲酒運転を注意しても、どの口で言ってるんだって感じだよな」

シュンが述べると、岸井もなにかを思いだしたようだった。

「伊豆の、下田だっけ？　あのときもひどかったよな。電車で行って改札から出たら冴津だけ姿なくて、おかしいなと思ったらいきなり走ってきて俺らまで走らされて」

一緒に行っていた大友も手を叩き、続ける。

「あったあった！　懐かしいな！　あれ、今考えたら相当ヤバいよな。キセルしようとして駅員にバレて顔殴って逃走、って。殴る必要は絶対になかったよな？」

僕はジョッキに残っていたビールを飲み干す。今なら絶対にそんなことはしないが、あのときの、脳をスルーして身体が動いてしまった感覚は覚えている。その後も三人は口々に、悪行はしても不良ではなかった僕がなぜか母校の不良たちとたまにつるみ他校の不良たちを襲撃した話なんかを大声で話した。

「冴津は、車買わないの？」

ハイラックスを買ったばかりで車の話がしたいらしい大友が、話の流れと関係なしに訊いてきた。

「買わないよ、車なんて。東京で持っていてもいいことなんかない」

「まあ……東京ならそうか。大学の先輩の結婚式で茨城へ行ったとき、その二次会に、無理してポルシェ買って恵比寿かどっかの駐車場代八万に苦しんでるとかいうお寒い零細社長がいたわ」

「恵比寿なら、うちと同じ渋谷区か。タクシーでじゅうぶんだろう。なんで車なんか持つんだ」

「俺も車好きだけど、さすがにそいつのポルシェを見たいとは思わなかったな。なんていうか、自分語りしてたそいつ自身も、自分の魅力のなさとかそれ以上成長しないことに薄々気づいちゃってる感じで、格好いい車を自分に投影させたがってる気がした。タチが悪いのがさ、それが他人事じゃないってことなんだよ。ワイルドで格好いいハイラックスを眺めて満足しているときにふと、ちょっと髪が薄くて腹だけ出てたあいつの姿が、たまに思い浮かぶんだよ」

とても印象的だったのか、大友の目はここではないどこかに向けられている。僕は口を開いた。

「大友、それはおまえ、物に頼りすぎなんだよ。物は物でしかないんだから。信じられるのは自分の肉体だけで、あとは少しばかりの、気心通じ合う人がまわりにいればいいんだよ。ポルシェ社長だか知らないが、そいつを見ておまえの中でハイラックスに対して揺らぐ気持ちがあるなら、ハイラックスを捨てろ。ハイラックスはおまえじゃないんだ。もしくは、ハイラックスがおまえなのか？」

「いや、ハイラックスは俺じゃないけどさ……」

「じゃあハイラックスを捨てろ」

「でも、仕事や家庭のストレスとかがあって誰にも相談しづらいときなんかにさ、ガレージにあるハイラックスに触れたりちょっとコンビニまで走らせて帰ってくるだけでも、救われるところがあるんだよね」

「大きい車にすがってる時点で、わざわざ弱みを大きくしてるだけだろ。ハイラックスを失ったり、そもそも自分の興味が失われたらどうなるんだ？　だからはじめから物になんて頼らないほうがいいんだよ。大友が捨てられないなら、俺が捨ててやろうか？　移動で車が必要なら、愛着がわかない軽自動車にでも買い換えろ」

「け、軽はぶつかったら死ぬだろ……」

「冴津、おまえさすがに極端だよ」

免許を持っていないシュンが笑いながら言い、岸井も「こういうところがヤバいよな」と口にした。

そろそろ二軒目に行こうという流れになった際、とあるバーを提案したのは僕だった。他の者たちも賛同した。その店には半分ヤクザのような連中もよく出入りしている。それに関係があるのかわからないが、美人の女性客たちも多く、近寄りがたいが妖しい魅力を放つ店であり、友人たちは僕がそれ目当てで行きたがっているのだと勘違いしているようだ。

しかし、僕には明確な目的があった。むしろ、その店へ足を運ぶために、この集まりを呼びかけたといってもいい。

徒歩圏内にあるその店へ歩いて向かっていると、シャッターを閉じようとしていた古びた中華料理屋の婆さんから睨まれた。一度店の中に入った婆さんはすぐに出てきて、通り過ぎようとしていた僕らに向かい何かを撒いてきた。婆さんは明確な敵意でもって僕らを睨み、シャッターを閉じ姿を消した。撒かれたのは塩だろうか。唖然としながらも、僕らはやがて笑いながら歩きだす。

「おまえら、何したんだよ？」

この近辺に住み続けている三人に向かい言うと、岸井が笑いながら首を横に振った。

「おまえだよ」

「は？」

「冴津があの時……」

「あれ、今日やってないのかな？」

「嘘だろ？　……いや、やってるやってる」

大友の問いに答えた岸井は婆さんの件に関する説明を忘れたようで、僕としてもそれ以上は訊かず目当てのバーに入った。数年前、開店直後に訪れたきりで、僕にとっては久々の来店だった。赤みが強い木の一枚板を大胆に使ったカウンターは変わらず、記憶より店は広く席数や従業員の数も多めだった。

カウンターの近く、背が高めのテーブルとスツールに腰掛けながら四人で飲み始めてしばらくは、この店も普通のバーになったのかなと思った。一見してヤクザとわかるような客や、柄の悪さを感じさせる店員もいない。ただ、暗い雰囲気の店内にその目が慣れてきた頃から、僕は時折、カウンターの奥にいる一人の男を見るようになっていた。髪を髷のように上で結んだ男は大柄で、ウェリントン型のべっこう眼鏡がアクセントになっている。

たまに、目があった。僕の視線を感じてのものだろうか。その時に捉える男の目は、ひどく冷たかった。正確には、左目だけ、わずかに感じとれる無機質さがあった。知らない人間が見れば、違和感などなにもないのかもしれない。更伊いわく、男は二年ほど前からこの店に勤めだしたらしかった。しかし、ここへ赴いた今頃になって、わからないと思っていることもある。彼の左目が義眼になってしまったのは、本当に僕のせいなのだろうか。

更伊から言われたことが気になり、自分が復讐されるかもしれないという想像が煩わしく、相手より先んじる気持ちでこうして来た。しかし高校三年だったあの当時、他校の武闘派勢力の中心人物だった彼をさして、スプーンで目をくり貫けばと、僕は当時つるんでいた武闘派の友人にアドバイスはしたが、直接手をくだしたわけではない。僕自身は不毛な団体戦に興味もなかったが、小学生の頃から仲が良く公文式の宿題等でかつては助けてもらった幼馴染みから、自分たちは劣勢だと不安を漏らされたため、状況を変える方法として思いつきで言ったまでだ。結果、幼馴染みの友人は、それを本当に実行した。

僕の思いつきにより、カウンターに立つ大柄な彼は左目を欠損させてしまったわけだ。しかし更伊が言ったように、そう指示したとされる僕と自校武闘派集団とのビリヤード場での写真が今さら出回り広がったとして、半時間以上この店で飲み続け、僕と目をあわせたりもしているバーテンの彼は、問いつめてくるどころか話しかけてもこない。襲いかかられた場合は適度にやられた段階で警察を呼び、彼を刑務所に送りスッキリするという想定までしてきたのだが。店を出たら、襲いかかってくるのだろうか。ただ、さすがに十数年も経ちお互い三〇歳を越えた今、己の身体の一部が失われた事実も、彼にとって過去のことなのかもしれない。

僕に恨みを抱いている更伊が、あることないこと言ってきたのだろうか。僕に不快な思いをさせたいという、それだけのために。

平日の昼間、小学二年生の息子がいる林田絵里の家で、取材のためのコミュニティメンバーによる座談会が開かれることになっていた。私鉄の駅から歩いて十数分のマンションが見えてきた頃、近くの公園で煙草を吸っている男二人に目がいった。

信じ難い。コミュニティメンバーの草間と一緒にいるのは、更伊だった。

動転し立ち止まった僕に二人も気付いたようで、草間が空いているほうの手を軽く挙げ、更伊が控えめな笑みを浮かべた。商社を辞め、編集プロダクションに入った頃から徐々に築きあげていった人脈のうちの一人である草間と、山梨時代を知る過去からの亡霊が、なぜ今、一緒にいるというのだ?

煙草を消した二人となんとなく合流する時、草間からは「最近仲良くしてて俺や篠田のブログでも協力してもらってる更伊くん」と紹介された。

「ああ、そんな繋がりが……」

僕が漏らすと「冴津くんも繋がってたのかい」と草間から言われ、二人ともなんとなくという感じでうなずいた。あまり物を持たずに暮らすという理念での繋がりだと誤解してくれたことに、ひとまず安堵した。

「冴津さんと草間さんも、もう長いんですか？」

神田のビルで会ったときとは違い、ジーンズにパーカーというラフな格好の更伊が、人当たりの良さそうな雰囲気で訊いてきた。こいつは一体、何が目的なのだ。

林田絵里の家に上がり込むと、更伊が初めましての挨拶をしたのは林田だけだった。僕が気づいていなかっただけで、彼は少し前から草間や田澤、今日は来ていない紺野夫妻といった数人のメンバーと交流を持ち始めていた。紺野夫妻の千葉のタイニーハウスでは、寝泊まりまでしていた。

「物を減らしてから、子供も外で遊ぶようになって」

気持ちを切り替えるように僕がスマートフォンの録音ボタンを押すと、座布団に座った林田が話しだす。

「家のことをていねいにちゃんとやりたいから。外で働くと、家がおろそかになっちゃうでしょう。夫もそれを望んでいるし」

「これ以上、ていねいに家事しようがあるんですか？　狭い部屋にこんなに物がなかったら、掃除も必要ないでしょう。カーテンもなくて、ホコリだって出ないだろうに」

バツイチの草間雄二が、からかいのニュアンスを含んだ口調で訊く。

「ていねいに家事してると、もっとうまくやれる、こうしたらいいんじゃないかとか、気づくものよ。一時期パートに出ていたときは、心の余裕がなくなって、夫や息子にも申し訳ない態度をとっちゃったし。それ以来、ずっと家にいることにしたの」

林田がそのようにして毎日の家事で維持しているのが、このがらんどうな二四平米1Kだ。部屋の大きさや物の点数は僕のワンルームと似たようなものだが、三人暮らしで一人暮らしと同じくらいの物の点数、座布団も三人分しかないこの殺風景ぶりは、以前と変わらずやはり刑務所だ。夫はどう感じているのか。外で忙しく働いた自分を迎えるのが、「家を守っている」妻が作った神経質な刑務所だなんて。

「へえ、旦那さんも幸せ者だね」

「草間くんも、奥さんにそういうのを求めていたんじゃないの」

離婚経験者を下に見るような口ぶりで林田が返す。とりなすように田澤修吾が、現実味を帯びてきたセミリタイアについて語った。外資系証券会社では以前からフレックス制で働いており、今日も平日の昼間に、こうしてここにいる。

「賃貸マンションも引き払って、ホテル暮らしを始めようと思ってて。場所にとらわれず、その時々で、とどまりたい場所にいられればいいかなと」

「安いビジネスホテルならともかく、お金かかりそうですね」

大学院生の篠田から言われ、田澤はうなずく。

「たしかにお金かかるけど、最近、お金にこだわるのは価値観古いのかなと思えてきて。試しにこの前、台風の被害があった地域に五〇万円寄付してみた」

「景気いいなぁ！」

「すごーい田澤さん。ファザー・テレサへ近づいたんだ」

草間に続き林田も感心したように言った。伝説的な捨て師、ファザー・テレサ。ここにいる誰も会ったことはない。なんでも、現代日本で物を持たないことを提唱した元祖のような人で、最終的な所有物は布二枚だったという。晩年サリー一枚とバケツしか持っていなかったマザー・テレサとほぼ同じだ。無駄をそぎ落とすスタイルで三〇年くらい前に海外で色々なアーティストたちにも影響を与えたファザー・テレサの行方はここ何年も不明で、死んだとか中欧のどこかで帰化したとかいう噂もあった。

ファザー・テレサが伝説的たる理由は、まだ健康な肉体を有した中年のうちに、数億円あった財産をすべて、慈善事業財団への寄付で手放したところにある。

物を手放せるのは、いつでも買えるという余裕あってこそのものだ。金を手放せるとは、世の中の見え方が根本的に違っているはずだ。五分刈り頭に雑穀食の田澤も五〇万円を寄付することで、徐々にファザー・テレサへ近づこうとしているらしい。

「最近、瞑想も始めたしね。自分の呼吸に集中していると、煩わされなくなる」

田澤はあぐらの姿勢を正し、軽く手本を見せてくる。

「瞑想、良さそうですね。僕も始めてみようかな」

田澤と草間の間であぐらをかいている更伊が言った。前からこのコミュニティにいた人間であるかのように、初対面の林田とも親しげに話している。その饒舌さで、僕の昔の話をされたりしないかと、気が気でない。ただ、忌むべき昔話はもう一〇年以上前のことだ。仮に更伊が僕の昔のことを話したとして、ここにいる面々は事実として受け止めたとはしても、今の僕のふるまいからして、心の底から信じることはできないかもしれなかった。つまり僕は、更伊による暴露に怯えているわけではないのかもしれない。もっと深いところで、自分が犯してきた昔の過ちが赦されていないことを、更伊の存在によってつきつけられているように感じているのか。

トイレから戻る途中で、僕はとあるものに気づいた。なにも置かれていない洗濯機置き場の幅十数センチ、奥行き一メートル弱の壁の出っ張りに、定規で引いたような線と、角をのこぎりで切ろうとしたような傷がある。

「林田さん、これなんですか？」

訊いてみると、出っ張りが邪魔に思えたから数日前に切断して取り除こうとしたのだという。一〇〇円ショップで買った三〇〇円の糸鋸ではらちがあかなかったため、それは今朝燃えないゴミで捨てたとのこと。どこかの埋め立て場がまた、無駄な捨てで埋められた。田澤が狼狽したように言う。

「この柱は、マンションの重さ自体を支える構造物ですよ。部屋の四隅とかにも出っ張りがあるし、スケルトン構造じゃないでしょう？　目障りだからってここを切断したら、地震とかで崩落して、林田さんたち一家どころか、他の住人たちにも巻き添えくらわすよ」

「え、そうなの？」

驚いたような声色こそ出すが、林田の据わった目は、マンション崩落の可能性になにも感じていないように見える。

「台所のいらない棚板とかは、大家に黙って勝手に切ってたよね？　それくらいならまだ笑えたけど、これは笑えないよ」

草間が馬鹿にするように言い、それを焚きつけるように更伊も笑っている。納得がいかないというような顔をしている林田のことは、他人事ではない。暇な人はどうしても、内側に掘り下げようとする。家の中で捨てを追求し続けた林田は捨てる物もなくなり、家の構造物まで捨てようとした。これ以上内的世界で極端さを追求するより、外へ働きに出るか、心療内科で診てもらうかしたほうがいいのは、明らかだ。

記事に使うための座談会が終わると、テレビがつけられた。洗濯機を持たず衣類は洗い板で洗濯するほどの林田であったが、テレビは持っていた。フローリングの床に直置きされたテレビで夕方のワイドショーを流し見しつつ会話しているとやがて、ゴミ屋敷の特集になった。

「あ、例のゴミ屋敷！　映ってますね」

最初に篠田が、少し遅れて皆も気づいた。ここ林田の家からそう遠くない場所にあり、最近似たような特集で何度かテレビにとりあげられていたらしいゴミ屋敷だ。広めの一軒家のブロック塀で覆われた敷地内いっぱいに、あちこちから集めてきたようなゴミが積み置かれている。いくら近所の住人が迷惑しても、行政が動きだすまでにはえらく長い時間がかかるようだ。

「街中にあんな広い廃墟みたいなゴミ屋敷があったら、たまったもんじゃないよな」

草間のつぶやきに、更伊も口を開く。

「誰かが火つけるなりして更地にすれば、震災時の避難所くらいにはなって、世のためになりますよね」

「それいいですね！」

アトピーがうずくのか首をかきながら篠田が賛同する。いつの間にか仲良し三兄弟ができあがりつつあることに、僕は大変な不快感を覚えた。

解散後に部屋の写真をあらためて撮影してから林田のマンションをあとにすると、通り道にある公園に、缶コーヒーを手に持ち立っている更伊の姿があった。

「仕事終わりましたか？」

「紺野さんたちと事前に接触までしてコミュニティに入って、なにがしたい？」

「なにがしたい、って。俺だって徐々に物を減らす生活しなきゃなって、思っただけですよ。たまたま冴津さんたちがその界隈にいたというだけで。再発してこの世からおさらばするときは、身一つですから」

更伊は自分の左後頭部を指さしながら言う。

「地元、帰ったらしいですね」

彼に、先週帰省したことは話していない。

「法事で帰ったよ。友人たちと飲んでたら、たまたまあのバーにも寄って、奴と目まで合わせた。結局、なにもなかったけど」

あのバーには三時間ほどいたが、なにも起こらなかった。その晩実家に泊まった僕は、翌日、渋谷区のワンルームへ帰った。

「本当にたまたま、ですか？」

「そうだよ」

「まあ、日野さんが復讐するかどうかは、俺のあずかり知らぬことですがね。でもよく考えてみてくださいよ冴津さん。地元に帰ったって事実を、東京にいた俺でも知ってるんですよ。それだけ、あんたの言動には皆目を光らせてるってことですよ。なにか厄介事でも起こしに来たんじゃないか、って」

まるで練習でもしたかのような物言いに、僕は彼の病理を見てとる。完全に、人を不愉快にさせることで悦に入っていた。そしてその目論見は、僕に対して成功している。自分自身が誰かの意識にとっての強烈なノイズになりえることを、冷静に理解していた。ますます厳しくなる法で統治され、暴力などなんの役にもたたない現代の東京では、彼を法的に遠ざけることもできない。歩くノイズである更伊に、僕は完全に負けていた。

「それではまた」

駅のほうへと歩き去ってゆく更伊のあとに、自分もすぐ続く気にはなれない。疲弊した僕は公園のベンチに腰掛け、何通かのメールに返信した。それが終わってもぼうっとしていると、木の近くでなにかをしている男児が林田の息子、光一（こういち）くんであることに気づいた。林田は子供の写真も、ネット上にモザイクなしで掲載しまくっている。

近づいてみると、草むらにひそむ虫を捕まえようとしているらしかった。

「光一くん、もうお母さんのお仕事、終わったよ」

「あ、はい」

何度か会っている小学二年生の光一くんは僕の顔を覚えてくれているようだが、ぶっきらぼうに返事をすると、また虫取りを再開した。

「もう帰っても大丈夫だからね」

「家嫌だ。つまんないし」

なにかを捕まえようとしてかがみ、失敗した彼は、一息つきながら言った。林田はさきほど、物を捨ててから息子は活動的になり外へ遊びに行くようになった、と語っていた。

「虫捕まえるの、好きなの？」

「はい。注射とかケースとかの標本セットが、おばあちゃんの家にある」

「そうなんだ！」

「去年の夏も、お父さんとカブトムシとかここで」

「ここカブトムシいるんだね。標本作ったの？」

「うん。けど、夏休み終わったら捨てられた」

諦念の表情を見せた光一くんの顔に、切られそうになった構造柱が重なる。彼は虫を集めて標本にするという知的な興味があるのに、それを家でやることを禁じられている。公園では、もう少し年長の子供たちが数人、揃って携帯型ゲーム機で遊んでいた。林田が以前「息子には自然の中で鬼ごっことかしてわんぱくに育ってほしいからゲーム機は一切買い与えない」と話していたことを、思いだした。


14ＴＢのＨＤＤが四基搭載された、ＲＡＩＤ ＨＤＤシステム。

半分がバックアップで使用されるため、実質的には28テラバイト分のデータ容量が、そこには確保されている。スキャンして元本を捨てた文集や卒業アルバム、写真や仕事の記録等含め、僕の過去のほとんどすべてが、デジタルデータとして黒い小さな箱に収められていた。

キーワード検索はせず、膨大な数のフォルダーからいくつもの階層をたどってゆき、目当てのものを探す。自分でそれを見つけたくないかのような抵抗があった。そのうち脇道に逸れ、三年くらい前のデジカメ写真のフォルダーへ辿り着いた。

川江順乃(かわえゆきの)とスペインで撮った写真を目にして、懐かしさと、当時感じていた楽しさや心地よさが少し甦ってくる。彼女とは二年交際した。絶対に口外できないが、今付き合っている時子より見かけは好みだし、おまけに性格まで順乃のほうが僕にあっていた。ふられて一ヶ月弱ほどは苦しかったが、仕事を頑張ったり物を捨てたりして、なんとか立ち直った。さすがに今となっては、時子のほうに愛着を感じているが。

終わった恋愛のことを思いだすと、辛く感じることがある。あんなに自分にあっていた順乃と別れてしまったことよりも、心が引き裂かれる思いをしたにもかかわらず、結局はたった一ヶ月弱で立ち直ってしまったという事実に対してだ。心の自衛本能が健全に機能したような気もするし、自分という人間は、けっきょく誰のことも深く愛せないのではないかと疑いたくもなる。一年以上ひきずったり、入水自殺をはかったりするようなことは、全然ない。

このＲＡＩＤシステムを組んだのが三年くらい前であり、それまでもっていたフィルム写真なんかもスキャンしデジタルデータ化したのは、それよりさらに前だ。写真に関しては、テープごとにフォルダー分けしたものもあれば、未分類のものはまとめて年別フォルダーに入れていた。

西暦の数字が昔になるほど、フォルダーのファイル容量は軽くなる。デジタルカメラの進化による画素数の違いもあるが、フィルム写真を近年になってスキャンした場合のデータサイズのほうが大きいから、それが原因ともいえない。単純に、日常で撮影した写真の枚数が、昔は少なかった。

中学二年生くらいから高校時代くらいまでの西暦のフォルダーを開くのは、気が重い。数年前に写真の整理をまとめて行って以降、一度も開いていないのではないか。見当をつけ、高校二年生時のフォルダーを開くと、その写真はあっという間に見つかった。ビリヤード場で、髪に剃り込みをいれた幼馴染みの友人と、顔が今よりずいぶん痩せている僕が肩を組んでいる。まわりには他の不良連中もいた。

元の写真自体は、学校行事の出先でサボって撮ったものだから、誰かが使い捨てカメラかなにかで撮ったものを、焼き増ししてもらったのかもしれない。解像度としては今のデジタルカメラに遥かに劣るが、数年前に僕がスキャンしデジタルデータ化した時点からは、あたりまえだがまったく劣化していなかった。僕はどこかで、この写真が少しくらい欠損していることを望んでいた。今気づいたが、自分でこれらをスキャンしてデジタルデータ化したのは、物質としての写真を捨てるためだけでなく、データとしてどこかに存在しているという拠り所を得ることで、心おきなく忘れるためでもあったのではないだろうか。

ビリヤード場の写真だけでなく、他にも目を背けたくなるような写真は何枚かあった。その状況でよく写真を撮る気になり、ＤＰＥ店もよく現像してくれたなと思えるようなものまで。いってみれば、数々の罪の記録だ。

今後の僕の人生において、これらの写真を人に見せて良いことなどない。世の中のルールは急激に変わってきており、昔は普通とされていたことでも、今の厳しくなったルールに照らしあわせて良し悪しを決め、過去へ遡り数十年前のことを断罪してもいいという風潮になってきている。「身軽生活」と「ＭＵＪＯＵ」ブランドを運営している自分の過去の行いが流出すれば、ネット上をメインに活動している僕なんてあっという間にこの世からつるし上げられてしまう。無用な流出を防ぐためにも、今すぐこれらの写真を消去したほうがいいのだろう。

しかしいざ、忌まわしい写真をクリックしてみても、消去のボタンを押すことができない。なぜなのか。

ひとつに、忌まわしい写真であっても、そこに写されているものだけでなく、その前後の状況や付随する記憶を甦らせる、記憶再生のベースになっているという理由が大きい。写真をもとに思いだされる記憶は忌まわしいものばかりでなく、楽しくて人に聞かせたいようなものも沢山ある。記憶をつなぎとめておくための写真は大事だ。いくら僕でも、過去のない空っぽの人間になるのは怖い。

それにもうひとつの理由としては、もし義眼の日野が本当に僕に復讐を試みてきた場合、警察に状況を説明するための根拠にもなると思っているからだ。頭のおかしい男が、この写真をもとに勝手な妄想をふくらませて、十数年前の恨みとやらを晴らそうとしている、と。

しかしいっぽうで、今の僕にとっての不利な情報ともなりうる。判断が難しい。安易にこれらのデータを削除すべきではないし、かといってＲＡＩＤ ＨＤＤシステムが損壊した場合に備えクラウドデータベース上に保管までするのはやりすぎだろう。ログインＩＤとパスワードさえあれば世界中のどこからでも見られてしまう状況は、危険だ。

消したい記録であると同時に、残しておかなくてはならない記録だなんて。無性に、物を捨てたい気分だ。

日曜出勤のため半日で仕事からあがる時子と会うべく、僕は表参道へ来た。参院選の時期で、選挙カーでの演説があちこちで行われている。

〈参議院をぶっ壊す！〉

〈世帯収入七〇〇万円以下の所得税・住民税廃止！〉

つい最近の選挙で、極端でわかりやすいことを公約に掲げた政党が多くの議席を確保した。有権者たちの票が極端でわかりやすいものに集まりやすいと、皆学んだのだろう。今回の選挙では、そういう輩が増えている。

有権者たちの多くが、確実に世の中を良くするための政策や公約を本当に遂行しそうな候補者が誰であるか検証したり、思考することを捨ててしまった。ただ僕も、思考を放棄してしまいたくなる気持ちはわかる。

捨て思考になると自分にとって大事なことの意志決定能力は高まるが、それ以外の曖昧なものや混沌、難しいものが苦手になり、どちらかにふりきったものしか受けつけなくなる。僕自身もライターとしては、集中力の欠如した人たち相手のわかりやすいことしか書かなくなったし、他人の発言もわかりやすいことしか理解しようとしなくなった。つまり、わかりやすいことしか言わない候補者たちの姿は、僕自身でもある。

「それ、似合ってるよ。色のある服も、少しくらい持っておいたほうがいいんじゃない」

男女それぞれの服を扱っているセレクトショップで、時子から言われた。僕は鏡の前で、麻素材の水色のジャケットを試着している。

「似合うかもしれないけど、今持ってるジャージ素材のグレージャケットで、間に合うしな……。洗濯も楽だし」

「それくらい持っておきなよ。いくらかな」

時子がポケットの中に入れられた値札を確認する。五万八〇〇〇円だった。

「けっこうするね」

時子の言葉に反し、僕は値段に関し高いとも思っていない。所詮、ただの数字だ。そう感じるようになったのも、捨て思考との相乗効果で得意になった株トレードの影響が大きい。たとえば先週、スイングトレードで約一六〇万円の利益確定をした。その反面先月は、約一二〇万円の損切りもした。そういったことに慣れてしまったから、感覚的には二〇万円以下くらいの金の増減に関して、僕はたいして感情が動かない。だから不要に思えた物は簡単に手放せ、より良い物に買い換えられてしまうのだ。

「これ買ったら、スチームで消臭したりするために、一度処分したアイロンをまた買い直すことになりそうだし」

「え、アイロンまた売ったの？」

「うん」

「変なの」

「それに、物を買うと、レシートとかの税務書類も増えるのが嫌なんだよね。物は捨てられるけど、紙の資料は七年間とっておかなくちゃならないから」

「たかが紙でしょう」

「まあそうだけど、このジャケットを買って選択肢が増えると迷いも増えるし、着ない時期どうするかとか処分のタイミングとか、保管する場所も考えると、買わないほうが楽だよ」

「楽って、そんなに楽してなにがしたいの？」

訊かれた僕は、たしかに、そんなに楽してどうしたいのかと思った。持たないことで金銭的、空間的な煩雑さから解放され得た余裕で、次になにがしたいのか。祖母が入居している老人ホームの光景が頭をよぎる。若いうちから、寝たきりの老人みたいなのっぺりとした生活に近づこうとしているのか。

結局麻のジャケットは買わないまま、価格帯が高めの喫茶店に入った。アイスコーヒーを飲みながら時子がスマートフォンでなにかを見て、それについて話題をふられる。故郷の岩手にいる友人が結婚式を挙げるという話や、職場の同期が夫の福岡転勤に伴い退職するという話だ。

「ユリも、同棲解消したから地元に帰るって言ってたなそういえば」

「時子は盛岡に戻ることとか、考えたりしたことあるの？」

「全然ない。知り合いは皆こっちにいるし、東京好きだし。お金で困ったとしても、誰かの家に転がりこめばいいし」

「あんなに沢山の服持って、転がりこめる？」

「誰かがどうにかしてくれるでしょう。無理だったら、アプリで売る」

時子なら本当にそういった行動がとれるだろう。彼女は素直に人に助けを請える性格だし、なにより、助けてくれる人が周りに多い。数値化しづらい豊かさと余裕を、彼女からはいつも感じる。

「ねえ、前から思ってたんだけど、『人生を拡大する』って、なに？　日本語おかしくない？」

時子は僕と仕事で繫がっている林田絵里のブログを見ながら言っていた。

「言われてみると、なんだろうね」

「人生って、大きくはならないよね。長生きしたいってこと？」

「うーん、なんなんだろうか」

もう今はあまり本を読まなくなった彼女だが、高校時代までは電車通学の時間でよく本を読んでいたそうで、大学では国文学科だった。

「あと、『循環させる』ってこの人やたら書いてるけど、なに？」

「要は、中古を買って、また中古として売るってこと」

「それなら、使い終わったら売る、って書けばいいのにね」

最新記事を読んでみると、海水浴で使うサンシェードテントを中古で買って、一度使い、すぐ売ったという内容だった。それに関連して、本なんかもすべて「循環させる」ことをすすめていた。コメント欄に、質問があった。

〈皆が中古を買うような社会になったら、物を作ったり本を書いたりする人が金銭的に苦しくなって、いなくなってしまうと思うのですが、どうお考えですか？〉

それに対して林田は、

〈私がいくら循環を説いてまわっても、見栄張って新品を買いたがる人たちは一定数いるので、大丈夫なんです。このブログを読んで気づいた人たちから、循環で地球を守りましょう♪〉

と返答していた。

「やっぱさっきの服、買おうかな」

「ん？　麻のジャケット？」

「うん。一着くらい色つきを持っていてもいいかな、って」

「そうだよ、それがいいよ」

二人してアイスコーヒーを飲み干すと、さきほど訪れたセレクトショップへ再び足を向けた。


千葉県内陸の紺野夫妻の土地では、二棟目のタイニーハウスの建設が進められていた。僕と篠田、草間、そして更伊といった面々が、東京から集まった。各々、最小限の所有物で暮らす生活について記事を書いたり、商売の機会を見出す目的で来たのだ。物を捨てるという根本的な性質上、イベントでもないと記事は枯渇する。

建設会社と組んで出したカレー店は、昼時ということもあり、地元の人たちが車で訪れる店としてそこそこなにぎわいをみせている。

「二棟目は、どれくらいの広さになるんですか？」

二棟目のタイニーハウスの基礎は組み上がっており、一棟目より広い。外のベンチに座りカレーを食べながら、僕は紺野茂に訊ねた。

「だいたい四〇平米くらいかな。ロフトも作るから、延べ床面積はもう少し広くなる」

「四〇平米って、俺の賃貸部屋より広いよ」

「ああ、そうかもね」

草間に対し、茂がどうでもいいことのように返事する。二〇平米ほどの一棟目に夫婦二人で住むのであれば、たしかに狭い住処であり、なにがしかの思想性も感じられる。しかし四〇平米のロフト付き住居が加わるとなると、もう単なるログハウスに住む人だ。

「まあ、あと五ヶ月で生まれるから。夫婦だけだったら実験的な生活もできるけど、子供できたら、ある程度は妥協しないとね」

愛夫人は大事をとり、現在実家に帰っていた。

「子供できても、林田さんみたいにやり続ける根性はないの？」

草間がビールを飲みながら訊くと、茂は苦笑しながら手を顔の前で振った。

「あの人ほどストイックにはやらないって。子供の興味を満たしてあげようとしたら、物も増えるでしょ。今はこの生活にハマってるけど、興味がうつったら、切り替えるよ」

商売上手な紺野茂らしい意見だ。商売抜きにしても、彼の向から方向は自然だ。物を捨てるのには限界がある。僕らが自分を手本に啓蒙活動を続けるうちに、捨てる物がなくなりやがて書く記事もなくなる、というのが自然な帰結だ。それを延命させるために、こうして他人の持たない生活を取材したり、グッズをプロデュースしているわけだが、紺野夫妻は僕らとは異なる方向に大きく舵をとった。広い家を作り、その容れ物にあうだけの物を買い、それまでとは違う生活を送り、記事を書くのだろう。

「飽きっぽいなぁ。今、愛さんが実家に帰って自分は一人暮らし中だからって、また出会い系やってるんじゃないの?」

「もうそんな元気ないよ」

草間からの冷やかしにも茂は答えてやっている。紺野夫妻は出会い系アプリで知り合い、結婚した。

「そういえば篠田くん、セミナー開くって本当?」

アイスティーを飲みながら茂が訊き、篠田がうなずく。

「そろそろ大学院の修論とか書く時期じゃないの?　イベントならまだしも、セミナーなんて準備する時間あるの?」

「修論は適当にやるんで大丈夫です。会社勤めはしないことに決めました。だから、自分のペースで準備を進められます」

「大学院まで行って会社勤めしないとか、親がかわいそうだろう」

草間に小言を言われても、篠田は以前ほどまともに受けていないように見えた。セミナーの内容は彼がブログや動画などネット上で発信している内容と同じく、所有物を少なくし、しがらみやストレスを捨て自由に生きよう、というものらしい。

就職活動程度のストレスに負け、現実逃避のように大学院へ進学し、数々のアルバイトも辞めてきた。その程度のストレスに耐えられない人間が〝自由を得て〟、いったいなにができるというのか。人生で一つくらい、あるいは一時期くらいは、ストレスをもたらすほどのなにかと真剣に向き合わなければ、成長し自信を得ることもできないし、何かを感じることすらできないだろう。

「草間さんと僕は、一まわり離れていますよね？　もう、時代が変わったんですよ。大学を卒業して大企業に入れば幸せ、というロールモデルは崩壊したんです。これからは、好きなことに夢中になって取り組んでいれば自然と誰かの役に立って、結果的にお金ももらえる、という世の中になってゆくんですよ」

「おいおい、時代遅れの年増扱いとは、なんとも酷いこと言う奴だな！　だいたいおまえ、好きで人より優位にたてることなんて、あるのかよ？」

「今僕らがやっていることですよ。紺野さんや冴津さんたちのようなロールモデルがいらっしゃるんで、僕も僕なりにうまく自分の方向性を見つけて、やっていきますよ」

「あのなあ、この二人は会社員時代にバリバリ働いてたの。冴津くんなんか、商社で色々見てきたんだよ？　更伊くんだって、冴津くんと同じ地元でしばらく就職して、法的にグレーな商売とかも経て自分の会社興したんだよね？　物を捨てる以前に、色々な経験をしてるわけ」

僕は更伊の顔を見た。今までコミュニティ内では、必要最小限の所有物で生きる繋がりで知り合ったというフリをしてきたが、昔のことも話していたとは。いったい、どこまで話したのか。今のところ、皆の僕を見る眼差しが変わったというようなことは感じないが。しかし更伊が僕の昔のことを暴露するのも、時間の問題ではないか。

「まあその不足はあるでしょうけど、デジタルネイティブ世代ならではの気づきを活かせればと思っています。今はこのパソコン一台あれば、なんでもできますしね。物も経験も要らない。わからないことは調べたり、苦手なことは外注すればいいですし」

篠田は折り畳んだ MacBook Pro を軽く持ち上げる。ここにいる全員、所有しているノートパソコンはMacBook Proだ。余計な視覚情報を嫌ってか誰もシールを貼らないから、見分けがつかない。取り替え可能、という言葉が僕の頭を過ぎった。道具も、持ち主たちに対しても。

物を捨てまくると、弊害が発生する。感化されやすい篠田がいい例だ。色々と物が入り用になる仕事や趣味に興味を抱いても、物を持ちたくないという理由で、選択肢から外してしまう。じゃあなんの専門性も備えていないのにスタイリッシュなノートパソコン一台で何ができるかと問われれば、広告料目的の文章でも書くか、情報商材、ゆるいマルチ商法みたいな商売でもするしかなくなる。

「そういえば、あのゴミ屋敷の住人の正体、知ってます？」

更伊が一同に尋ねると、草間だけがうなずいた。僕は検索してみようと、ポケットからスマートフォンを取り出す。

「林田さん家の近くのゴミ屋敷、週刊誌で……」

しゃべっている更伊をよそに操作しているとタッチセンサーが誤作動しアプリが切り替わり、今朝見た白黒の別の写真が表示された。僕は慌てて画面を隠す角度にする。散らかった和室で筆をとっている、坂口安吾の写真。定期的に見てしまうそれを隠したことで、その写真が僕らにとっての禁制品にでもなったかのように感じられた。

僕の検索より先に、草間がスマートフォンで記事を見せてきた。

「え、この人、『禅品質』作った人なの？」

紺野が上ずった声で言った。ゴミ屋敷と「禅品質」の結びつきが、僕にもすぐには理解できない。検索し記事を読む。

「なんで？　有名ブランドの創始者が、なにがどうなったらゴミ屋敷に住む羽目に陥るの」

紺野が驚きを露に言うのも無理はない。彼のタイニーハウスには「禅品質」のシンプルな家具やら家電、小物類が沢山ある。もともとは八〇年代初頭に電鉄系のホテルだけで販売されていた家具製品のプライベートブランドで、ドイツのバウハウスに影響されていた。無駄を排除したシンプルなデザインで、木と金属、白や黒のプラスチック素材が特徴的だ。やがて電鉄から独立したブランドとなり、今や海外にまで進出し、シンプルでエコな製品の大量消費を各地で促している。

週刊誌記事によれば、広告代理店から電鉄に転職し、「禅品質」の実質的な創始者であった片野（かたの）恒吉（つねよし）が、ブランド独立の際に社内政治で共同立案者に手ひどく裏切られ、会社を去って以降、表舞台から姿を消したのだという。約三〇年の時を経て、今度は名物ゴミ屋敷の主として世間から発見されたわけだ。

なんらかの病を患っているそうで、たまに親族らしき人たちが病院に連れて行こうと屋敷にやって来るものの、頑なにそれを拒む叫び声が近所の人にも聞こえていたという。無駄をなくすデザインのかつての第一人者が、病をそのままに、自分の身までなくそうとしているのか。

「この前、更伊くんとゴミ屋敷、見てきたんだよ」

草間が言い、僕は不快感を覚えた。このコミュニティにそんな時間を割いてまで、更伊は僕を雑念で苦しめたいのか。

「更地にしちゃいましょうよ」

「やるか？　放火すれば一発だな」

「たしかにあのゴミ屋敷を一息に燃やしたら、スッキリして周辺住民も喜びますよね」

更伊の焚きつけに草間だけでなく篠田までのっかっている。色々なことが水面下で進められている、と感じた。僕の過去を知る男に周りの皆が心をつかまれているとは、実に厄介な事態だ。

自宅にて工場の担当者と電話で最終確認を行い、「ＭＵＪＯＵ」ブランドのリュックサック増産の手続きが完了した。小規模でゆっくりとではあるが着実に、僕の手がけるブランドは、サイトの閲覧者数と比例するように成長してきている。

〈私も、もう着なくなった服、一時保管ボックスでベランダに三ヶ月出してみたら、捨てられました！〉

記事へのコメントも多い。僕はパソコン画面をスクロールさせ、他のコメントにも目を通してゆく。

〈夫のバイクと学生時代から乗ってたボロ車（本人いわくヴィンテージとか…(^^;)）をしつこく説得して処分させたら、家がスッキリ！　良い気が流れるようになりましたぁ♪〉

〈本当にありがとうございます　覚醒しました　義母の面倒　もうみません〉

時折、自分が利益を求めつつやっている啓蒙活動が、正しいことなのか、わからなくなる反応もあった。コメント欄に、家族暮らしなのにがらんどうになった家の画像を貼り付ける人なんかが出てきている。

刑務所のごとき様相を呈した林田家のような家が、僕の影響で増えているのか。それはつまり、昆虫採集に興味を抱いてもそれをさせてもらえない、知的好奇心すら踏みにじられる不幸な子供たちを増やしているということだ。バイクやヴィンテージカーを大事な趣味としてきたであろう人も、それを奪われ、今はなにを生き甲斐に過ごしているのか。

最小限の持ち物で生活することを提唱しているサイトで、「ＭＵＪＯＵ」の製品を売っている。大量消費社会の否定、というブランドコンセプトを掲げておきながら、革新的でもない品を大量に作っている。買ってくれる人が多いほど、まだ使える既存のリュックや財布は捨てられ、資源の無駄になる。

自分は、誰のためにもなっていないのではないか？　そんな疑念が頭をよぎる。余剰を削ぎ落とし高品質を実現するデザインということでは、「禅品質」が八〇年代からとっくにやっている。それの焼き直しをする人生に、オリジナリティはあるのか。

コメントに対し、思ってもいないようなコメントを返してゆく。親密さのあふれる文章を打ちこみながらふと、僕は自分のことを、とても冷たい人間であるかのように感じた。

ブラウザに新たなタブをたちあげ、「坂口安吾」と検索し、見慣れた書斎を見る。以前は月に一度くらいの頻度でしか見ていなかった白黒の写真を、最近は週に数回見ている。なぜ見てしまうのか。

ただ一ついえるのは、散らかった部屋であぐらをかき、座卓の原稿用紙に向かっている坂口からは、冷たさが一切感じられない。たった一枚の写真であるのに、なんというか、とても人間味が感じられる。むしろ、このように混沌を抱えこまないと、人間離れしてゆくものなのか。

定期的に「坂口安吾」で検索することも無駄に思えた僕は、画像を印刷し、さきほど届いたばかりのネット通販の段ボールを切り、簡素な額縁を作った。額縁に糊で貼り付けた坂口安吾の書斎写真を持ち、しばらく家の中をうろついた末、玄関の壁に両面テープで貼った。あらためて見ると、こんな部屋にはしたくないと思うが、目をひきつける力があった。

ベッドへ寝転がると、スマートフォンで仲間たちの活動をチェックした。セミナーを開催すると話していた篠田が、青山優とのコラボレーション動画を動画投稿サイトへアップしていた。〝肩書きをもつな〟のキャッチフレーズで地上波テレビ等にも出演している青山の影響力もってか、再生数は多い。〈生活をシンプルにして、大切なことに集中する〉〈物よりも経験が大事〉〈私たちは気づいてしまった〉〈僕たちは悟った〉と二人して話していた。林田絵里のブログものぞいたところ、ここでも〈私たちは生活をていねいにシンプルにして、大切なことに集中する〉〈あくせくするのはもうやめようと気づいた〉〈経験が大事〉と新たに書かれていた。

デジャヴかと思う。物を捨てる思考の人間が世に発する文章や話し言葉は、同じになりがちだった。皆、なにかに〈気づき〉、〈悟り〉、〈経験が大事〉と言い、新しいコミュニティに出入りしたり習い事を始めたりする。それも準備や鍛錬、継続があまり必要でない、人生をかけて打ちこむほどではない程度の新しい経験に手を出してみるのだ。道具や時間をあまり費やしたくない、あらゆることから身軽でいたいという精神は、なにかを真剣に行うことと相性が悪い。

それにしても皆、簡単に〈私たち〉〈僕たち〉という言葉を使い過ぎである。勝手に代弁者を気取るとは、悪い癖だ。〈私〉や〈僕〉であるべきだろう。そのように感じながら自分のサイトを見直すと、〈僕たち〉という言葉を何個も見つけた。

ファザー・テレサを目指し金への執着を解こうとしている田澤を見習おうと、僕は目的もなく外に出た。結局、鶯谷にて風俗嬢相手に九〇分間で六万数千円を消費し帰宅すると、寝る前にスマートフォンでニュースをチェックした。ここ二日間のうちに都内のゴミ屋敷四軒で火災があったというニュースを目にした。三軒は小火で、一軒は全焼したものの、どれもけが人はなかったという。

そのうちの一軒が、「禅品質」創始者の片野のゴミ屋敷ではないかと僕は思ったが、場所が違った。

これらの火災が、更伊たちの仕業だとしたらどうか。厭世家の草間なら、更伊にそのかされ本当にやりそうだ。凝ったやり方で僕に精神的苦痛を与え続けてくる更伊にとっては、マッチ一本投げれば済む放火くらい、なんでもないだろう。あいつは頭がどうかしている。彼らがやったとして、今ここへも踏み込まれたらどうだろう。なにか燃やされやしないか。

僕はトイレで用を足したあと、数時間前に玄関の壁に貼ったばかりの坂口安吾の写真を見る。しばらく見つめたあと、剝がして破き、捨てた。


二棟目のタイニーハウスも完成した千葉内陸の敷地内で、紺野茂が自給自足のための家庭菜園を始めた。取材を兼ね出向いた僕らは、朝から夕方までの農作業で疲労困憊し、電車で東京へ帰ろうとしていた。在来線に乗っていると、車で来る際に必ず通る産道のような東京湾アクアライン出入口も通らないため、世界が切り替わるあの感覚がない。

東京に近づいてきたところで、草間が飲もうと提案し、そのまま帰った林田を除き、僕と鈴木、更伊も含めた四人は神田駅で降りた。更伊が来るなら帰りたいところでもあるが、久々に会う鈴木に、以前任せたサイトへの寄稿記事の原稿料を渡しそびれていたし、新たな仕事の話もしたかった。更伊の行きつけだという中華料理店に入ると、農作業で汗をかいたからか、皆結構なペースで酒を消費していた。

相変わらず家財道具一式でも入っているかのような大きなリュックサックを足下に置いてい

る鈴木へ現金を渡し、次の仕事の話もしていると、草間が頓狂な声をあげた。

「これ、たしかに片野だな！」

更伊がスマートフォンに表示させている写真に、皆で目を向けた。男が写っている。首から上の写真は、首もとに布がかけられており、かなり明るい屋外で撮影されたようだ。頬がこけ日焼けもした東洋人の頭髪は、ほとんど後退していた。

「間違いないです。この人物が、片野であり、ファザー・テレサです」

更伊の言い切りに、僕も思わず口を開いた。

「適当なこじつけだろう、それは」

「いや、たぶん本当ですよ、情報出てますし」

僕に言葉を返してきたのは、鈴木だった。彼も自分のスマートフォンを操作すると、ファザー・テレサとされる人物の写真を見せてきた。こちらの写真は緑色のシャツを着たバストアップの古びた写真で、写っている人物はさっきと同じだった。片野の写真は以前に見ていたから、今目にしたばかりの写真二枚の人物が片野だとは僕にもわかる。ただ、それがなぜ、伝説の捨て師ファザー・テレサとされてしまったのか？　そのことを口にした。

「私は別の似たようなコミュニティでも仕事をしてまして、そっちの人たちも数週間前くらいには、ネット情報で知ってましたよ。ファザー・テレサについて、顔写真自体は出回っていて、ゴミ屋敷のニュースがあってそれが片野と結びついたようですね」

鈴木が淡々と述べ、ハイボールをおかわりする。僕は彼が話したファザー・テレサの情報についてのことよりも、僕らと似たようなコミュニティが他にも存在するということにひっかかった。脳裏に、同じ思想をもったクローン人間たちが、大量生産品のMacBookを持たされる画が浮かぶ。

「冴津くん、なにひっかかってんだ？　なにもおかしいところはないだろう。無駄を削ぎ落とすデザインコンセプトの製品で『禅品質』をたちあげた片野が、社内政治でハメられて日本に嫌気がさして、海外で物を持たず生活する人物になった。そのスタイルが三〇年くらい前に共感され、一部のアーティストたちにも影響を与えたわけで。ネットもなかった時代から語り継がれてきただけだから、ファザー・テレサとして神格化されたところもあるだろう」

言ってくる草間は、更伊の情報を鵜呑みにしているきらいがある。しかし「禅品質」の片野がファザー・テレサと同一人物だということは、本当らしい。鈴木の説明によると、ずっと中欧あたりにいた片野だが、病気の治療のため、いったん日本に帰った。治療と療養も済んだ頃、入れ替わるようにして入院した親類の飼っていたペットを預かり、以降ずっと面倒を見るため、再び日本で暮らし始めたとのことだ。

話題はやがて、ここ最近連絡のつかない篠田に関してになった。今日の耕作にも、参加するはずだった。

「俺をさしおいて一人でゴミ屋敷に潜入するとか言ってたけど、もう決行してるはずだよ。話聞くの楽しみにしてるのに、ウェブの更新も止まってるんだよな」

「ゴミ屋敷って、ファザー・テレサのゴミ屋敷？」

「そうだよ」

僕からの問いに草間が答える。

「篠田の野郎、いったいどうしたんだ。セミナーやるとか言ってたのに、突然六日間も音沙汰なしだなんて。ファザー・テレサに監禁でもされたか」

「そうかもしれないですよ」

更伊が合いの手を入れた。

「仕方ねえな。元は二人で行く予定だったわけだし、俺も近々、乗りこんでみるよ」

二時間ほど飲んだ末に店を出ると、更伊が顔を近づけてきた。

「冴津さん、一杯だけつきあってください」

「……なんで？」

「ちょっとだけお話ししたいことが……一杯飲んでる間に終わるんで」

自身の専門商社に活かすビジネスヒントを得たいという理由を掲げ、コミュニティにすっかり馴染んでいる更伊と、僕はさっさと別れたい。しかし誘いを、断ることはできない。彼によりもたらされる面倒なことを先延ばしにすると、自分が余計なことを考えてしまうからだ。草間が最寄り駅へと歩きだし、鈴木は異なる方向へ歩きだした。今日はどこの駅へ向かっているのか。僕らをまくため回り道をしているようにも見える。パスポートや全所有物をリュックサックに入れ、日々異なる宿泊場所を転々としているだなんて、彼は殺し屋か。

「ここから近いんで」

更伊の後に続き、無言で歩く。辺りには飲食店に出入りする人たちの賑わいがあった。もしこのままさっさと渋谷区のワンルームへ帰ったらどうなるか。僕はどうせ、更伊が僕になにかとんでもないことを言おうとしたのではないかと、考えてしまう。天井の低いワンルームで、あることないこと不要に憶測するのなら、不快でも彼と向き合い短時間で済ませるほうがマシだった。我ながら、自分の行動を自分で決められていないと感じる。ストレスを内包する情報を得てしまったら、僕の身はほとんど自動的に、あらかじめ軌道が決められていたかのように動いてしまう。

雑居ビルの壁に切り込みを入れたかのようなドアがあり、更伊に案内されるまま入ったそこは、照明が暗めの静かなバーだった。更伊が小さな声でバーテンダーに名前を伝えると、奥の席へ通された。予約していたとは。ここへ来ることを僕は断れないと、読まれていた。二人とも酒を注文する。

「冴津さんは、信頼していた人間に手ひどく裏切られたことはあります？」

また自分が責められているのかと思いきや、彼が起こした会社の元部下についての話だった。警察の世話にもなりかねない商売を地元で更伊はしばらく一人で行い、東京進出と同時に海外にも行き来するようになり、そこで初めて人を雇った。同い年の部下ともうまくやれていたつもりが、水面下で取引先と結託し、独立し同じ商売を始めたそうだ。

「裏切られて、ＤＶで訴えられて娘にも会えず、ろくな孝行もできないまま母には死なれ、俺だってもうすぐ癌再発して死ぬんですよ。なんなんですかね、奪われ続ける人生って。冴津さんはいいご身分ですよね、色々なものを手放さざるを得なかった俺が身辺整理まで始めるのと違って、そもそもなんにももとうとしないから、失うものだってない。でもその状態って、幸せですか？　身軽な自分はどこへでも行けてなんでもできそうな予感だけはかかえて、でも実際にはなにもしないでしょう?」

なんに対しても帰属意識をもてない者の戯れ言として聞き流そうとした僕だったが、刺さる部分もある。たしかに自分は、一切の不快感をなくしていった人生で、なにがしたいのか。

更伊の話は続いた。おそらく彼は、十数年前の僕の行いに恨みを感じているのかどうかも、よくわからなくなっている。恨みを晴らされているというより、依存されていると感じた。すると、トイレへ行こうとしていたかに見えた大きな男が、更伊の肩を叩き、彼の隣に座った。義眼の男だ。

起きていながら、夢でも見ているかのような気がした。わけがわからない。彼の顔を見たのは、少し前の山梨のバーでだ。なぜ、東京神田のバーにいる?

更伊と義眼の男が少ない言葉で、親しげに挨拶する。

「ほら、冴津さん」

更伊から言われ会釈しかけるが、すんでのところで思いとどまった。

「ひょっとして、俺の名前、覚えてないの?」

太く掠れめの声で男は言い、僕から目を離さないまま笑った。日野、という苗字は覚えているものの、僕はうなずきも首を横に振りもしない。

「本当かよ」

舌打ちしながら男は言い、バーテンにビールを注文した。

「日野と申します」

男は右目をひんむきながら、慇懃に口にした。

「やられたほうは記憶あるぞ、冴津。やっぱりおまえだったんだな。ミカエルから出てきたところを皆で問い詰めたときは、シラきりやがって。それも忘れたか？」

強請にでも来たのか？　その可能性が頭でちらついてもいるせいで、言質をとられたくないと、僕は謝りの言葉も言えない。そもそも彼の目を実際にスプーンでくり貫いたのは友人だ。その彼だって後日、復讐で半殺しの目に遭っている。

「ウチの店にまで来て、驚いたよ。更伊から写真の話聞かされてたくせに、自分から飛び込んでくるなんて、何考えてんだ。やっぱ頭イカれてんな、おまえ」

「あの時……友だちに誘われて、行ったな」

「てっきり、謝りに来たのかと思ったけど」

この後想定されるトラブルを予感し、僕の心拍数は上がってきている。それにしても、更伊はなにを考えて僕たちを引き合わせたのか。二人の男を争わせることで、精神的充実でも得たいのか。だとしたらその発想は子供じみている。実際、義眼の日野からは真意の知れない不気味さは感じられても、殺意は感じない。だからこそ、精神的に追い詰められるような嫌な感じがある。

すると、以前から長めのつきあいがあるらしい二人は、なんらかの商談を始めたようだった。短縮語や隠語を用いてはいるが、合成麻薬やその他違法な物の取引についてであることは、僕でもわかる。僕の前で堂々とそれらの話をするなんて、更伊にはやはり破滅願望でもあるのか。

「そんな話、聞かせるな」

グラスのワインを飲み干し、五千円札を一枚置いた僕が立つと、「おい、帰るのかよ」と義眼の男から言われた。しかし店から出るのを引き留められはしなかった。

駅の改札を通ってからふと思いつき、スマートフォンで都内のビジネスホテルを検索した。今夜自宅に帰るのは気が進まない。日野はともかく、更伊は僕の家を知っている。深夜に二人してやって来て、暴力をふるわれる可能性だってある。ここから四駅先のホテルには空きがあるようで、今から埋まることもなかろうと、電車に乗り向かった。

チェックインし、自分が住むワンルームとほぼ同じくらいの部屋に入ると、まるで自分が鈴木にでもなったような気がした。パスポートを持ちながら逃亡生活を続ける、殺し屋の類。それにしても鈴木は本当に、普段なにをしているのだろう。案外、どこかの賃貸物件で地味に暮らしているということも考えられる。

テレビ台を兼ねた奥行きの浅いテーブルに「ＭＵＪＯＵ」のリュックを置こうとして、そこに並べられたおびただしい量のパンフレット類が、目障りで仕方ない。分厚い利用案内のファイルをテーブルの引き出しにしまうも、他のパンフレットは入らない。

アダルトチャンネルの案内か、ＡＶ女優の微笑む顔が、うるさくて仕方ない。僕はそれらパンフレットをまとめてテレビの裏に隠した。いっぽうで、すっきりしたテーブルを見て、不安にもなってくる。すっきりしてしまいたいという衝動が、思わせぶりに情報を小出しにしてくる更伊の言うことを聞く要因となっている。ノイズを捨てたがる自分の脳が駄目なのなら、脳のそういう判断をくだす部分だけメスで切り取り、捨ててしまいたい。あるいは、いっそ肉体ごと焼却でもしてしまえば、捨てたい衝動は根源から綺麗に消えるなと、変なことを思った。

突如、真っ暗闇になった。

ほぼ同時に、弾けるような轟音が続いた。夕方から雨と共に雷が鳴りだしていたから、落雷による停電だろう。バッテリー駆動しているMacBook Proのタッチセンサーをさわると、スリープしていた画面が闇の中で明かりを放ち、部屋を照らした。

しばらくして電気が復旧すると、通電し再起動しだした各家電のチェックを行う。優先すべきは、ＰＣのデータバックアップで起動させていたＲＡＩＤ ＨＤＤシステムだ。内蔵している四基のＨＤＤにエラー点灯表示が出ていた。コンセントには耐雷サージ機能付きのタップをかましていたから、雷の直撃は受けていないはずだ。それとも中国製のタップが粗悪品だったのだろうか。

エラー表示されていたＨＤＤに対しＰＣ側から診断と回復作業を試みた結果、部分的に破損している領域があるようだった。破損し読み込めないデータ、そもそも認識されていないデータがなんであるかを、僕は半時間ほどかけ洗い出していった。

結果的に、二割ほどのデータが、バックアップ分もあわせて破損したことが判明した。ＲＡＩＤ ＨＤＤシステムには、仕事で使ったデータだけでなく、裁断しスキャンしたアルバムや文集、プライベートの写真なども収められている。仕事のデータは納品済みであるためネット上や他人のＰＣに最終形が残っているものの、プライベートのデータに関しては、そのほとんどを僕一人しかもっていない。ネット上にもアップしていなかった。

たとえば、時子と一緒にいる時に撮った写真の数ヶ月分ほどが消えた。それだけでなく、前の交際相手であった川江順乃の写真は全部消えた。フォルダーが破損しただけで、修理屋に頼めば復元できるのだろうか。そんなことを考えてしまっている。二年間つきあった彼女に対し未練はないと思っていたが、写真が消えたことを知ると、やってしまったと感じた。

あの二年間の自分が、消えたような気がするのだ。物は捨てまくれる僕でも、記憶だけは大事なのか。頭の中には、川江順乃と過ごした日々の断片が、かけめぐっている。

プライベートの記録が二割消えてしまったことに関し、僕はどれほどの損失を被るのだろう。大事なことは頭で覚えてさえいればいいとは、捨ての達人たちがよく言う。ただそれも記憶の所有にはとらわれていて、その観点からすると、痴呆老人たちは可愛そうということになる。

所々記憶をなくしてきている祖母と、老人ホームにいる他の老人たちの顔つきを思いだす。大事な記憶すら徐々に捨てざるをえない彼ら彼女らが不幸かといわれれば、あの穏やかさは幸せとか不幸とか、そういう次元じゃないどこかに達している。つまりは記憶だって、すべてもっている必要もないだろう。

時子との写真も数ヶ月分失われたわけだが、今も関係が続いている彼女との記録が一部、消えただけのことだ。ＲＡＩＤ ＨＤＤのチェックを終えると、時子と行く海外旅行の準備のため、足りない物をネット通販で買った。

こんなにも長大な建築物を、重機もなしに人力だけで作ったのだということが、信じられない。

僕は万里の長城に圧倒されていた。

隣を歩く時子は、カメラで写真を数枚撮って以降、初見の興奮は落ち着き、前の観光客に続き散歩でもしているかのような様子だ。しかしこの万里の長城は別格だ。現存するだけでも、中国全土にこれが数千キロもあるなんて、常軌を逸している。

「始皇帝の思いつきのために、大勢の人たちが各地からかり出されたってことでしょ」

「ほんとそうだね。私たちは、観光で来ちゃってるけど」

「権力者による、壮大な無駄そのものだよ」

「敵から攻められないようにとか、役割はあったんでしょう」

「あったけど、王朝によっては全然活用されず荒れるがままだったらしいし、細長いから守りが手薄な箇所は侵略者も通過できたらしいよ。管理にコストかかるし、大勢を働かせてまで建てるべきものだったかは、疑わしいんだって」

「じゃあ、昔の権力者と奴隷には、感謝しなくちゃね。数千年後に私たちを楽しませてくれて」

時子の言うとおりかもしれない。万里の長城建造のため故郷から引き離され心血を注いでいった人々に、僕は思いを馳せる。今まで各旅行地で見てきた遺跡等を思いだし、考えてみればそれらの建造物、文化のほとんどが、独裁者や権力者たちの偏執狂的な思いによる無駄の産物だったと思い至った。華美な器や、茶室といった文化もそうだ。人々の心を楽しませるものは、必要性でなく、無駄ともいえる動機で作られてきた。

世界中の人々がもし、僕やコミュニティの面々みたいに、物や無駄を捨て経験を大事に生きるという考え方だったらどうか。必要以上に装飾された陶器や洋服を買う人がいなければ、世界中のそういった品々は洗練されないままだったであろうし、華美な建築物だってなかった。そういった物を作る職人や地域の経済発展、人々の生活や思考の多様性もなかっただろう。無駄の産物ともいえる文化は、それを求める人が必要だ。だから無駄遣いをしないというのは、褒められた行いでもない。

故宮博物院にも行き、夕方になり歩き疲れた僕らは北京市内のカフェへ入った。Ｗｉ－Ｆｉ

が使える店内で、しばらく互いにスマートフォンの新着通知等のチェックにかかりきりになる。当局の規制によるものか制限があるものの、利用できるアプリで仕事の連絡数件に対し返信した。習慣のようにそうしてはいるものの、頭の中にやるべきことを残しておきたくないという感覚は、観光気分もあってかいくぶん弱まっている。時子と充実した時間を過ごしているからか。

コミュニティの仲間たちによる最新記事もいくつか更新されていた。紺野夫妻はタイニーハウスというかもはや普通のログハウスを有している千葉の土地で、自家栽培を順調に進めているようだ。

〈自分たちの食べる食料を自分たちで作れると、都会であくせくする必要もなくなります。都会で起こる地震は怖いですし、もうすぐ生まれてくる子供のためにも、畑を耕せる田舎暮らしを皆さんにもぜひおすすめしたいです。

私は今妊娠中であまり外出もできませんが、スマートフォンさえあれば通販でなんでも届きますし、映画だって配信で見られます。都会と遜色ない便利な生活が送れますよ〜。〉

記事の書き手は愛だ。その一つ前の記事は夫の茂によるもので、〈無理に会社勤めなんかしないで、のんびりやりたい仕事をやればいい〉とあった。夫婦揃って自然回帰のようなことを最先端のシリコンチップ搭載機器で書き、インターネットテクノロジーを利用し世界へ向けて発信している。

　そもそも紺野夫妻は、出会い系アプリで出会った。誰かが富と名声を得たいだとかの俗な利益目的でテクノロジー開発を行わなければ、ネットに繋がる端末やアプリも生まれず、紺野夫妻の出会いや、もうすぐ生まれてくる子供の存在もなかった。

　田舎にいながら都会と遜色なく便利に暮らせるのも、映像制作者たちが過酷な労働環境下で映像作品を作ったり、シリコンバレーで研究開発が行われ、配送業者たちが汗水たらして物を運んでいるおかげだ。誰かが官僚や警察官になりストレスの多い仕事をまっとうしなければ日本での平和な生活は成り立たないし、兵器を作ったり自衛官になる人がいなければ、とっくに武力侵攻されているか核ミサイルで僕らは灰になっている。医者がいなければ感染症で死んでいるかもしれない。

　皆がログハウスを建てのんびり野菜を植えたりと自然回帰ごっこをしてストレスフリーの生活をしだしたら、今見ている世界は終わる。余計なことはやろうとしない僕やコミュニティの面々が始皇帝のような権力者になったとしても、後世の人々を楽しませられるような文化は生まれないはずだ。大勢の奴隷たちが血と汗を流しながら作った、生活に必要でない産物によって、数千年後を生きる今の自分が心を救われていた。俗っぽい欲からくる行動は、悪いものではない。

トイレに行っていた時子が、手に持った何かを僕に渡してきた。

「レジで見つけて、かわいかったから買っちゃった」

キーホルダーサイズの小さな木彫りのオブジェを、僕はまじまじと見る。かわいくデフォルメされたパンダが、万里の長城を歩いている様のオブジェだ。紐の色だけが違うものを、時子も手にしていた。

「武士はどう使う？　……私は、鞄につけようかな。それとも玄関に置いておこうかな。キーホルダーにしてもいいよね」

時子は、僕のことをよく知っているはずだ。使えるものでも食べられるものでも、自分に必要でないものは躊躇なく捨てる人間であることを。つきあいたての頃は、人からもらった物を彼女の目の前で開封もせずゴミ箱に捨て、驚かれたりした。

僕が捨てそうな物を、時子はあえて買い渡してきたのか。不要な物を抱え込む耐性をつけさせるかのように。ただ彼女を見ている限り、そんなふうな意図は感じない。オブジェを見てかわいいと感じ、僕にも与えてくれたのだろう。つまり時子からすれば、僕の物を持たずに身軽でいるという状態は、今だけのものに過ぎないというように捉えているのだろうか。

ふと、彼女には僕に見えていないものが見えていると感じた。もっと引いた目で、長い時間軸で、僕という人間を捉えている。そこからすると、今の僕の性格や悩みですら、些事なのか。地元で起こしてきた十数年前の数々の行いも、時子には見透かされているような気もした。

「夕飯の予約、何時にしたんだっけ？」

ミルクティーを飲み終えていた時子に訊かれた。

「七時。時間あるから、戻ろうか」

店の前でタクシーを拾い、ホテルへ戻る。僕はとあることが気になり、スマートフォンを操作した。篠田のサイトや動画更新、連絡は相変わらず途絶えたままで、さらには草間とも連絡がとれなくなっていた。あのゴミ屋敷に踏み入ると、二人は話していた。

昨夜訪れた北京駅近くのスーパーで時子が買った、饅頭のようなお菓子を渡された僕は、ベッドに寝転がりながら一口食べ、「おいしい」と言った。汗をかいたからと彼女がシャワーを浴びにバスルームへ行った際、僕は一口しか食べていないお菓子をゴミ箱に捨てたことに、捨ててから気づいた。癖のように、身体が勝手に捨てていた。ふと逡巡するも、さすがに捨てた食べ物をゴミ箱から拾う気にもなれない。

予約していたレストランへ行く前に、時子が化粧を直し身支度を整えている途中、顔のどこかを拭き取ったティッシュをゴミ箱へ捨てた。その時、彼女の顔が何秒間かゴミ箱へ向けられたように感じ、僕がなにか言おうとするよりも早く、鞄を持った時子から笑顔で出発をうながされた。

よく晴れた日の正午前、長袖長ズボンにスニーカーという格好で、僕は屋敷へと近づいていた。

地図アプリによれば通り沿いに目視できるはずの距離になっても、ゴミ屋敷の気配はない。ネット上の情報が間違っていたのかと思い大きな一軒家のすぐ近くにまで来たとき、敷地から少しだけはみ出しているゴミ袋や発泡スチロールがのぞけた。

間違いない。ここが、「禅品質」の創始者片野恒吉、あるいは捨ての達人ファザー・テレサが住む、ゴミ屋敷だ。否、捨ての元達人、か。敷地外にまでゴミが散乱しているわけでもないのは、はみ出た分は行政の手で回収されているからか。財産権のこともあり敷地内にまでは踏み込めないのだろう。インターフォンのボタンは外れ陥没していた。

マスコミや興味本位の人間が一人、二人くらいはいると思っていたが、ゴミ屋敷に目を向けているのは僕だけだ。大きなトラックが通り過ぎる際、その巨体とディーゼル音にまぎれるようにして、敷地内へ入った。行政からの遣いか民間委託会社の者であるかのように、堂々とドアの前まで歩き、強めにノックする。

返事はない。そしてふと、特に異臭もないことに気づいた。よくゴミ屋敷を周辺住民が排除したがる理由として、火災の危険性や異臭があげられる。火災の危険性はあるかもしれないが、異臭はない。生ゴミはないのか。

依然として連絡のとれない篠田と草間の二人は、このゴミ屋敷を訪れたあと、どうしたのか。腰ほどの高さにまで物が堆積している敷地内で、時間をかけ家屋の周りを歩く。庭に面した掃き出し窓からうかがう限り、人気はないが、ゴミで遮られているため詳細はわからない。掃き出し窓の鍵は、開いていた。玄関にまで戻りドアに手をかけると、そちらも開いた。在宅なのか。ノックをしてみるが、返事はない。外出中だとして、施錠しない理由でもあるのか。誰にも見られていないことを確認すると、僕は中へ入った。

沢山のゴミが視界にある。しかし、玄関のたたきと廊下の境がわからないというほど、ゴミで埋まっているわけでもない。用意してきたビニールのシューズカバーを、スニーカーの上から被せた。

廊下を進んでゆくと、外が明るかったぶん、屋敷内の暗さが引き立つ。

「片野さーん、NPOの者です。いらっしゃいませんか？」

物の壁が吸音材の役割を担い、自分の大きめの声は吸い取られ、誰かに届いている気がしない。何度か呼びかけたが、なんの声も物音もなかった。

歩みを進め、ゴミ溜めと化した風呂場や階段を通過し、リビングへ入る。

物は異様に多いが、当初感じていたゴミだらけという印象は薄まっていた。空き缶やペットボトル、弁当の空容器等は散乱していない。それらはちゃんと袋にまとめられ、玄関近くや家屋の外に置かれてあった。

本や段ボール、健康器具や小物といった、それら単体で見たらゴミとは分類されないような物が、散乱している。掃き出し窓を塞ぐようにして置かれた段ボール等大物の配置をずらし、カーテンを完全に開くと、強い光で屋内が照らされた。

幼児用のレトロな玩具や絵本は、孫向けに買ったものか。野球のグローブといった青少年が使いそうな物や、ゴルフ道具のように中年が使いそうな物、沢山の薬といった老人くさいものまである。まるで、自分の人生でかかわりのあったものを集め直していったかのようにも見える。目立つところに、犬の遺影を二つ見つけた。

ゴミ屋敷は、精神疾患や加齢による脳の障害が原因となっている場合が多いらしい。しかしこの屋敷は混沌の中にも、一定のルールが垣間見られる。単に脳の障害が具現化された空間とは違う。普通の人にはわからない、なにかしらの能動的な理由に基づいているようにも見えた。まったく新しい法則や行動原理を前にしたとき、人はそれらを拒絶しがちだが、たとえば知性に優れた他惑星の生物から見た場合、僕のがらんどうの部屋より、この部屋のほうをまともだとする価値観もありそうな、どことないコントロール感を覚えるのだ。

遺影に近づいてみると、黒いミニチュアダックスフントと柴だった。写真が古めのミニチュアダックスフントの没年が、一七年前だ。こちらが、親類から預かるうちに飼うことになった犬だろう。二匹目として飼ったらしい柴の没年を見ると、四年前だった。この家のゴミ屋敷化が始まったとされる年の、前年だ。

僕がライター稼業をしてきた中で得た情報によると、自分の言うことを聞いてくれる人が周りに少なかったり、思い通りにいかないことが多い人ほど、ペットを求める傾向にあるという。ペットは、飼い主に反論してこない。

物を捨てたり集めたりするのも、どんな人でも可能な数少ない、自分で簡単にコントロールできることだ。死後残すことになるかもしれないペットを新たに飼う気になれなかった老齢の男が、物のコントロールに自己実現を見出していったとは考えられないだろうか。社内政治で人に裏切られ、「禅品質」を奪われた人生は、片野にとっては思いどおりにならなかったものだろう。

リビングに隣接した和室は、他の部屋より物も少なかった。布団と文机が置かれ、畳の上にはおびただしい数の本が散乱している。既視感があった。僕はこれを、どこかで見たことがある。すると、白黒の書斎が重なった。

坂口安吾の書斎だ。あれと、似ている。

座椅子に座ってみると、身体の力が抜け、侵入してからずっとはりつめていた緊張感が解かれた。低い視点から庭の松がのぞけ、和室からはちゃんと庭が見えるようになっているのだと気づいた。

なんだろう、この妙な居心地の良さは。

手を伸ばせる距離にはいくらでも本が置かれている。文机が広いこともあり、部屋全体が、何かを生み出せそうな気配につつまれていた。

いっぽうで、自分のワンルームをかえりみる。認めざるをえないだろう。無駄を削ぎ落とし、必要なことしかしないことで得られる満足感は、無意識下のカオスからなにかを生み出す快楽に、負けるかもしれない。

僕にもようやく、篠田と草間の二人が消えた理由がわかった。彼らは、自発的にコミュニティから消えたのだ。ここを訪れ、捨て思考がどうでもよくなり、それらにまつわる人間関係ごと、絶ったのだろう。


埼玉県で取材を終えた僕は電車に乗り、渋谷へ向かう。帰宅客で混む車内でイヤフォンを取り出そうとリュックのポケットを探っていると、ＩＣレコーダーのＲＥＣがオンのままだったことに気づき、停止させた。

ここのところ、以前のように他社から依頼されてのライターの仕事を多くこなすようになっていた。自分のサイト「身軽生活」の文章を書くペースが、遅くなっているからだ。

林田絵里の誘いで、コミュニティの三人がスペイン料理屋に集まった。林田の子供は今、最近通わせ始めた学習塾にいるのだという。僕より先に林田と田澤の二人で五時半から飲んでいるらしいが、林田は飲み過ぎている様子だ。

「やっぱり、労働基準監督署に訴えるしかないのかな」

ワインを飲み続ける林田が充血した目で言った。彼女の夫が、体調を崩し入院したのだという。

「職場にキツい人たちが多いとは、前々から聞いてはいたんだけど……」

「そういう職場多いらしいからね。俺は職場の人間関係がキツいわけじゃなかったけど、それでも色々とストレスになってたから、今みたいに働く時間減らしたわけだし。ましてや職場の人間関係にも恵まれなかったら、身体壊しちゃうよ」

賃貸マンションを引き払い、今はもう完全にホテル暮らしへと移行しフレックス制で働いている田澤に続き、僕も口を開いた。

「くつろげる場所が、なかったのかも」

すると、林田の視線が固まったようにカルパッチョの上へ留まった。僕は田澤から咎めるような視線を受ける。林田の話すとおり、彼女の夫が体調を崩したのは職場環境のせいだろうが、心身疲弊し帰った先にある家が狭小でがらんどうの刑務所だという事実にも起因していることを、否定はできないはずだ。薄給で可処分所得が少ないため、家や職場からも離れたどこかで多少の散財を伴う逃げ場を探せもしないのは、キツすぎる。

林田は教育に関しても、子供に勉強部屋をもたせないらしい。テレビがつけられているリビングでも勉強できる集中力を育むのだそうだ。

やがて、必要最小限の所有物で暮らす今の生活と家庭の、両立の話になった。

「私は物に頼らない、本当に大切なことを見極めて豊かに暮らす今の生活は、間違っていないと思う。けど、その信念を理解してもらうのは、夫や子供であっても、難しいのかな」

「そうかもね。まあ、俺も冴津くんも家庭もってないし、絵里さんの苦労はわからないけどさ。絵里さんが少しでもそう感じるってことは、そのとおりなんじゃない?」

林田は経済的な不安もあるようで、ブログの広告収益を上げるか外へ働きに出るべきか相談してきたが、僕と田澤の二人は迷いなく、外へ働きに出ることをすすめた。彼女自身もそう言われるのを待っていたような様子でもあり、興味を抱いていたりツテを見つけられそうな仕事をいくつか口にした。

「冴津くんは、いつまで独り身でいるの?」

そろそろ帰るという林田から、僕は訊かれた。いつまでと決めているわけではないですけど、と答えると、彼女と最近撮った写真はないのかと返された。同じ質問を田澤にはしない。四〇代でホテル暮らしを始めた男にそんな話をしても無駄だと決めつけているようだ。

「北京に行ったときの写真なんかが」

「見せて」

スマートフォンの中の写真アルバムを探すも、北京で撮った写真はあまりなかった。ほとんど、時子のカメラで撮っていたのか。時子が写っている写真もあるが、ブレていたりして写りがよくない。

北京へ行ったあたりから、必要最小限の持ち物で暮らす生活に、疑問を抱く機会が増えた。今までは、かさばらないデジタルデータだけは膨大に保有してもいいと、思い出のための写真は撮りまくっていたが、時子からあの木彫りのオブジェを渡されて以降、デジタルデータの写真の保有にこだわらなくなってきている。物は、写真などと比べものにならないくらい、膨大な記憶と結びついているのだろうか。

写真はないと言い、かわりに北京旅行の楽しかったところを、口で伝えた。写真なしでも、ちゃんと二人に楽しさは伝えられているようだった。

「このまえ、鈴木さんが、珍しく不機嫌そうだったよ」

林田が二〇〇〇円だけ置いて去った後も二人で飲んでいると、田澤が口にした。

「何かあったんですか」

「俺も自分の本出すため、鈴木さんに協力してもらってるんだけどさ。ホテルのラウンジで打ち合わせてたら、その後に俺と飲む約束だった更伊くんが来ちゃったんだよ。鈴木さんとホテルで会う予定を伝えていたとはいえ、仕事の話してるときにちょくちょく口挟んでくるのは、迷惑だったな」

「あいつ、そんなことしてたんですか……」

「俺よりも、鈴木さんがえらい気分を害しちゃってさ。あの人、どこに住んでるのかもわからない、素性を見せたがらない人じゃん？　不意に先回りされたり気を散らされたりするのが嫌みたいね。なのに更伊くん、全然帰らないんだよ。冴津くん、同郷なんでしょう？　あれはなんでなんだろうね」

僕は更伊の家庭環境や、会えない娘、転移しているかもしれない癌の話をかいつまんで話した。博識な田澤は難しい言葉なんかも口にしながら、更伊の行動原理を整理しようとする。

「過去との繋がりが希薄であることは、間違いないね。引き取られた父親にあまり愛されなかったんでしょう。だから大事にすべき自分が設定できず、人望もなかったわけだ。その反動で人心掌握のコツでも勉強して、草間くんとか篠田くんとか、メンタルが弱く影響を受けやすい連中からの支持は得られるんだろうな」

田澤の言うとおりなのだと思う。そしてもう一つ、わかってきたこともある。おそらく更伊は、彼の姉を僕が妊娠、そして堕胎させたかもしれない可能性については、今のところ人に語っていない。僕だけでなく、友人のほうも当時本当は避妊していなかったかもしれないと知っていて、だから更伊も僕以外の人間にまではそれを話さないでいるのか。しかし、少なくとも、友人から更伊の姉を寝取ったことは事実だ。寝取られる姉をもったという事実に直面せざるを得なかった、まだ少年だった更伊の心はどういう影響を受けたのか。当時の僕は、元から危なっかしいバランスの上に成り立っていた一家を、離散させる引き金を引いた。早々に地元を捨てた僕はそのことすら、数ヶ月前まで知らないでいた。

八時半過ぎに切り上げると、駅前で田澤はタクシーに、僕はバスに乗り別れた。自宅最寄りの停留所で降り、歩いてマンションの近くにまで来たとき、名前を呼ばれた。

後ろを振り向きながら、警察かと思う。あの屋敷に何度か不法侵入していたからだ。夜道に立つ男の顔に焦点があうと、更伊だった。

「……どこにいた？」

「あそこのコンビニのイートインで座ってましたよ」

どこかで人と会う予定でもあったのか、更伊はジャケットを着ている。

「なにか用？」

「忠告しに来たんですよ」

「忠告って、なにを」

「最近、日野さんから接触はありませんでしたか？」

「あの日バーで会わされて以来、見てないよ。更伊は彼をけしかけたいようだけど、あいつももうそんな血の気の荒さもないだろう、あの感じは」

「冴津さんも、甘くなったんじゃないですか。俺が引き合わせても謝罪すらしなかったあなたのことを、今も裏社会に通じている日野さんが、放っておくと思いますか？　随分と自分本位だなあ」

「むこうが、なにか言ってた？」

「目には目を、って言ってましたよ」

更伊のことを呆れたような口調で語っていた田澤の顔や、想像上の鈴木の不機嫌な顔が脳裏に浮かび、それが義眼の日野の顔にも重なる。

日野にとって、自分の片目を失うこととなった出来事ももう、若かった頃の事故に過ぎないのだろう。けしかけてくる更伊は、今の日野にとって違法な商品を仕入れてきてくれる仕事相手だ。酒の肴として、僕への復讐の話で盛り上がることはあるかもしれないが、三〇代なりの生活基盤を築いた人間にとって、それ以上のものではないのだ。

更伊はそれに気付いているのだろうか。気付いていていながら、僕に接触してきているのかもしれない。だとしたらなんのために、人に不快感を抱かせる言動でもって近づいてくるのか。理由は一つくらいしか思い当たらない。依存できるような人間関係を、探しているのだ。

その歪んだやり口は奇妙であるが、更伊は人と関係をもつことで、普通の人間になろうとしている。僕自身も、今まで捨ててきた面倒な人間関係を再び抱えていかなければ、人間離れするのではないだろうか。

「たしかに、日野に謝ってない自分が悪いかもな。どうしたらいいのか、更伊に助言をこいたいよ。腹減ってない？　飲みにでも行くか？」

僕が言うと更伊は呆気にとられたような様子を見せたあと、不愉快そうな顔つきになった。忠告を本気で受け取っていないことを見透かしたようだ。「そんな悠長なことを」等々言い残し、更伊は近くを通りかかったタクシーに乗りこんだ。

見送るためその場に立っていると、後部座席に座る更伊は、憐れむような目をしていた。

マンションに着くと、先日の仕事でクライアントからもらった焼き菓子を、食べた。以前の自分なら、帰宅直後に捨てていた。焼き菓子はおいしかった。

夕方に外での仕事を終えた僕は、そのまま屋敷へ向かった。施錠されたりもする玄関と異なり忘れられているのか、いつも施錠されることのない庭の掃き出し窓から入り、和室へ直行する。

リビングのテーブルにある薬の袋や、病院の名前が記されたスリッパを見る限り、家主の片野は病院へ長期的に身を置いているらしかった。

一度、日中に人が来たことがあった。

片野が帰ってきたのかと思いつつも外へ逃げる間もなかったため、僕は押し入れのわずかなスペースに隠れた。すると、中年女性二人の話し声が聞こえ、「あれ」とか「これ」とかしばらく話していた後、正面玄関を施錠し出て行った。親族の類いだったのだろう。入院中に必要な物や、あるいは有名になってしまったゴミ屋敷をどうにかするべく、なにかしらの手続きを進めるのに必要な書類でも取りに来たのかもしれない。後で確認すると、大学病院のカフェのレシートがリビングのテーブルに置かれていた。ゴミはゴミ屋敷に捨てればいいと思っているのだろうか。ともかく、片野が入院中なのは間違いない。

僕は週に二度ほど、ここへ来ている。仕事やプライベートのことで考え事をするのに、アイディアが浮かびやすいからだ。長時間集中してなにかをするのは自宅や別の場所のほうが適しているが、なにかを別の角度から考えたりひらめきを得るには、自分では決して作り出せないこの雑多な空間ほど良い場所はなかった。

何故なのだろう。自分では手に入れたいと思えない中東風の陶器や、プラスチックの玩具、バウハウスの影響を受けたスチール椅子、現在演技派の地位を確立した女優が一〇代だった頃の水着姿の企業カレンダーなど、そういった物がいっぺんに視界に入ると、ふりきった脈絡のなさが脳にとっては、雑念どころか刺激となるらしい。どんなことを考え、なにをやるにしても、許されるような心地がした。

僕のサイト「身軽生活」も、「ＭＵＪＯＵ」グッズ販売に関する更新は先日行ったものの、必要最小限の物で生きることに関しての記事は、しばらく書いていない。自分は空間内や生活における無駄をなくそうと啓蒙してきたわけだが、そもそも閲覧者にとってはサイトを閲覧する時間がなによりもの無駄であると、認めざるをえない。本当に無駄をなくしたいのであれば、無駄を捨て去る術をただちに身につけ、サイトを閲覧したり、必要最小限の物で暮らす生活について考える時間すら捨てるべきだ。しかしコメントを残す常連閲覧者は増えるいっぽうだ。

無駄を捨てたいと提唱しておきながら、僕は無駄により生かされていたわけだ。自分は無駄が嫌いなくせに、他人には無駄をのみこませたいという、利己的で傲慢な人間だった。

座椅子に座り、坂口安吾よろしく散らかった文机の上に置いた大学ノートにしばらく書き物をしたあと、セミアコースティックギターを手に取った。二階に置いてあったもので、弦だけ張り替えた。

自宅のギブソン・レスポールを捨てることもできず、それが自分にとって必要かどうか判別するため、時間を見つけては練習に励んできた。集中して弾き続けたおかげか、学生時代は弾けなかったフレーズも弾けるくらいに上達した。大人になり理論的に分析する思考が身についたおかげもあってか、コードの展開等、音楽理論もわかるようになった。パソコンを用いたＤＴＭでインストゥルメンタルまで作れてしまい、試しにメジャーな音楽ストリーミングサービスで配信申請したところ、あっけなく通った。配信して一ヶ月半ほどが経つ。再生数は少ないものの世界中の人々が聴いてくれ、二三〇円ほど稼げていた。

二三〇円など、五〇〇ミリリットルの発泡酒一缶しか買えない。それでも、僕にとってはたいへんな価値のある、二三〇円だった。誰かを騙すような、欺瞞に満ちた要素は皆無だからだ。

新たに作った曲のアイディアをスマートフォンのレコーダーと大学ノートに記録した僕は、

リビングへと場所を移す。カーテンや段ボールで覆い隠すようにしていた制作物を部屋の中央へ少し移動させると、作業にとりかかった。

僕の背の高さと同じくらいの、どことなく人型っぽいシルエットができあがっている。僕は極力ここにあるものを用いて、アート作品を作ろうとしていた。二階に大量にあったスチールシェルフのパーツや、庭にたくさんある木製の端材が、役に立っている。イメージとしては、数年前に現代アートの展示で見た「キリング・マシン」という作品が頭にあった。悲壮的な音楽と照明のもと、金属パーツで作られたいくつものアームが無人の手術台の上で複雑に動き、肉を焦がすような音や針で刺すような音がたてられ、まるで存在しない肉体に拷問をかけているかのような時間が、見ていた自分にとって濃密な体験に感じられた。自分が拷問をする側なのか、される側なのか、あるいは傍観者としてなのか――現実世界の見方を少しだけ変えてくるあのアートの力を、自分もここで生み出してみたい。

テーマはいうなれば、創造と破壊、だ。創造しているそばから破壊を行い、破壊したそばからまた創造するかのような、一見して無意味に見える行為の連続を表現するため、試行錯誤していた。屋敷内にあった虫かごを利用し、その中で発育のスピードが速い虫が生まれたそばから殺しまた産ませる仕掛けを盛り込もうとしたが、それは違うとアイディアを放棄した。「キリング・マシン」を少し真似し、今は台所にあったアイスピックを活かすギミックの制作にとりかかっている。電子機器の専門家でなくとも、インターネットで調べれば、それくらいの工作物は作れた。

きりのいいところで終わりにし、屋敷を出ると、コンビニで全然興味のない釣り雑誌を試しに買い、自宅へ帰った。

採用面接があり息子の塾の迎えに行けないという林田絵里から、僕は土曜の夕方に代わりの迎えを頼まれていた。林田家からだとバス路線もなく車でないと行きづらい場所に塾は位置しており、いつもはカーシェアの車で送迎しているとのことだった。タクシーを使えばよさそうなものだが、林田絵里が昔、タクシーに乗った際に運転手の居眠り運転で対向車にぶつかりスピンして止まるという事故に遭遇したため、タクシーに拒否反応があるのだという。だから代わりに僕が、自宅近くで借りたカーシェアのコンパクトカーで向かっているわけだ。

「その子、中学受験するの？」

昨夜久々に僕の家に来て、さっきまで一緒に遅めのランチをしていた時子が、助手席から訊いてくる。

「わからない。そうだとしたらまだ早いんじゃないかな。小学校の勉強を補足する塾だと思うよ」

塾の前に着き車内で待っていると、見覚えのある顔が数人と喋りながら出てきた。僕が運転席から出ると、こちらに気づいた光一くんが友人たちに手で挨拶し、小走りでやって来る。

「こんにちは」

「こんにちは。お願いします」

後部座席に乗りこんだ光一くんは、助手席に座る見知らぬ女の存在に少しひるんだようだった。

「光一くん？　こんにちは」

「こんにちは」

「塾終わったんだね」

「はい。今日は理科実験の特別教室」

光一くんはシートの上に、電気配線を駆使した工作物をいくつか広げていた。車を走らせルームミラーで見る度に、手に取った工作物を大事そうに色々な角度から眺めたり、スイッチを入れたりしている。

マンションの前まで着くと、時子に車を見てもらい、僕も光一くんに続き外階段を上がった。

「それ、捨てられたくないんじゃない？」

僕が工作物を指さしながら言うと、なにを言われているのか理解した光一くんが「うん」とうなずいた。

「隠し場所、探してあげるよ」

簡単に見渡せてしまう1Kは、相変わらず刑務所のようだ。精神をやられた夫がどうしているのか、林田自身の口から最近なにも聞かされていない。僕はトイレのドアを開き、便座の上にそっと立った。賃貸用住宅なので、天井が近い。真上にある蓋を開けた。

スマートフォンのフラッシュライトを点灯させたまま、カメラモードで暗闇の中を映し、メインディスプレイで確認する。屋根裏にネズミがいるということもなく、少しだけ埃があるくらいで、じゅうぶんなスペースが確保されている。

交代し、光一くんを便座の上に立たせると、暗い穴の中になんとか手が届いた。

「隠したい物を袋に入れてしまっておけば、取り出すのも楽だと思うよ」

「たしかに」

蓋を元に戻すと、トイレから出た。

「お母さんもそのうち、昆虫採集とかだって許してくれるようになるから。大事な物はそれまで隠しておいて、時が来たら取り出せばいいよ」

「はい」

光一くんが手にしている工作物は、僕が子供の頃にもあったキット製品と何一つ変わっていないように見える。子供用の物は、何十年経ってもデザインすら変わらないようだ。仮に林田絵里が見つけ数日以内にこれらを捨ててしまったとしても、光一くんの興味が大人になってからも持続していたら、買い直すことだってできる。

ほとんどすべてのものは、替えがきく。そう感じてしまうと、愛着がわきづらい。人間関係だってそうだ。だからこそ、自分から愛着をもつよう能動的にならないと、自分の生ですらも、代替可能で意味のないものになってしまう。

「じゃあね」

「ありがとうございました」

下に降りると、スマートフォンを見ていた時子が僕に目を向けた。彼女は、僕にとって運命の人なのだろうか。引いた目で捉えると、世界人口の半分は異性なのだから、運命の人なんて、たくさんいる。世の中に無数にいる運命の人のうちの、一人ではあるのだろう。というより、運命の人にするかどうかは、僕次第かもしれない。その人が自分にとってこういう存在であると、自分が定めるかどうかなのだ。

「明日、仕事？」

「うん。一〇時出社」

「それまでに送り届けるから、このままドライブして、千葉のコテージに泊まらない？」

せっかく二人で車に乗っているのにこのまま帰るのももったいなく感じ、思いつきで言ってみたところ、時子は「さすがに急すぎ」と言って笑った。

「千葉のコテージって、なに？　目つけてたっぽいけど」

時子を家まで送ろうと走りだしてすぐ、彼女から訊かれた。

「コテージというか、基本的にはキャンプ場なんだ。キャンピングカーやバンで日本中を移動している人たちからも評判が良いらしくて」

「そういえば、海外のバン暮らしの本、置いてあるもんね」

「そう。バン暮らし、憧れるよ。家財道具を全部詰めてさ」

「でも、武士は車持てないでしょう」

「そんなことないよ。最近は、バンを買って、それを置く駐車場を契約してもいいかなって思ってる」

「そうなの？　でもそうしたら、身軽じゃなくなっちゃうよ」

「そうなんだけどね。ただ、やりたいことはやっておこうかな、って。郊外のあまり土地代が高くない場所に、バンと郵便受けを置いておける土地だけ買っちゃってもいいのかなって」

「バンどころか土地、って。極端だね」

「我ながら、考えが急に変わりすぎだろうって思うよ」

「変わってはなくない？」

直線路を進むだけで複雑な運転はしていないが、時子の言ったことを聞き間違えたのかなと思った。あるいは、時子が聞き間違えたか。

「身軽志向だった人間が、バンと土地を買おうとしているんだから、極端に変わろうとしすぎてるよね」

「いや、同じでしょう、その極端さが」

夕方の路上で前の車のポジション灯に目をとめながら僕は、時子の言ったことについて考える。生まれたばかりの自分に憧れるかのごとく、物をなるべく持たず生きてきたこと一〇年ほどの自分と、屋敷で音楽やアートをつくり、バンや土地といった自分を場所にしばりつけるものまで抱えようとしている自分が、同じだというのか。

青春時代のことも含めて、自分をかえりみる。なにかを心にとどめておいて、どちらつかずの状態で思慮することを、あまりしてこなかった。考えずに没入してしまう。ふと、前の車との距離を詰めすぎていることに気づいた。前を見ていながら、前が見えていなかった。

「そのうち、土地買っちゃおうかな」

「本当に買うの？」

「うん。そうしたら、一緒にバン生活しようよ」

混み気味の交差点を左折し大通りに入ったあと、僕はそう言っていた。

「一緒にバン生活、しないよ」

「そう」

さっきコテージへ行くのを断られたときと同じようなやりとりをしているが、僕は違和感を覚えていた。

念のためどう訊き直そうかと考えていると妙な間が生まれ、同じことを感じたらしい時子が、やがて口を開いた。

「というか、一緒に住む気自体が、もうとっくになくなっちゃったんだよね」

突然のことに僕は、「えっ」とだけつぶやいた。

わけがわからない。時子がそう思ってしまった理由は、どこにあるのか。動転しつつも、僕の視界には、北京のホテルでのひどく具体的な画が重なる。時子から渡されたお菓子に一口だけ口をつけると、彼女が見ていない隙に捨て、そのあと彼女の目が数秒間、ゴミ箱の中に落とされた。自覚しているあの日の行為だけでなく、捨てれば捨てるほど、あるいはその思考回路を軸にしたふるまいにより、二人の関係性を変えてしまうなにかは堆積されてきたのか。

「時子のおかげで、ここのところ、変わってきたよ。いや、最近になってようやく心の中で気づきがあっただけで、それがちゃんと態度にあらわせてないのかもしれない」

時子の家まで、残りの距離は二キロを切った。車をどこかに駐め落ち着いて話をしたいと感じているし、運転することで気をなんとか保てているようにも感じた。

「責めてるわけじゃないよ？　ただ、それなりに一緒にいた他人の私にしかわからない、武士のことっていうのもあると思うんだ。人のこういう部分は絶対に変わらないな、っていう。もちろん、私にも、そういう部分あると思うし」

車のスピードにほとんど変化はない。それでもなぜか、遮音性の低いコンパクトカーに伝わってくるロードノイズが、さっきよりも異様に大きく聞こえていた。

出先での取材を済ませた後、午後三時頃から僕は屋敷を訪れ、アート作品の制作にいそしんでいた。ここしばらく、余計な物のない自宅にいると気が滅入ってしまう状態が続いている。物に囲まれ、手を動かすことで救われていた。

人型の「創造と破壊」は、腕や脚の可動部以外をシリコンで覆ったため、まがいものの人のような気配がぐっと上がっていた。ギミック部分はほぼ完成し、あとは電子制御パーツの細かな調整をするという段階にまでもってきた。右腕の上部から炎が噴出し、その直後に同じく右腕の下部から消火のため石灰が撒かれる。左腕の先からはアイスピックが突き出され、アイスピックが刺した場所に今度は左腕の先から管が伸ばされ、パテ埋めされる。火をつけては消火し、穴をあけては埋める。その繰り返しを、どのような空間演出でもってより意味のあるアートとして見せるかが、これからの課題だ。

シリコンのアイディアは、我ながらかなり良いと思っている。ビデオボックス二店に頼みこみ、客が捨てていった使用済みオナホールを回収し再利用した。屋敷の風呂場で、ゴム手袋をはめ他人の精液やローションを洗い流す際は気が滅入ったが、ピンク色や透明のシリコンででてきたそれらを天日干しした段階で、自分の発想に自信が抱けた。男たちの発射した無数の精子の群れが、どこにも着床することなくシリコンで作られた擬似的な膣の中に留まり、有機体としての死を迎える。墓場となったシリコンが、熱で溶かされ、創造と破壊を繰り返す機械の肌として新たな役割を体得し、それに対峙した人間の意識になにがしかの変容をもたらす。

東京都現代美術館や、ニューヨーク近代美術館等も、夢じゃないのではないか。およそ一ヶ月間で、こんな作品を生み出せてしまったことに、自分でも驚いている。すべての思いつきを許容してくれる磁場がある、この屋敷を訪れたからこそ、作れた。物があまりない、頭の中を常に空にしておくことを強要してくるがらんどうのワンルームでは、絶対に思いつくことができない。

どうしても色を変えたい部分があり、透明のオナホールを確実に手に入れるため、僕は自分で買った物を昨夜使ってきていた。無駄にした精液を洗い流した記憶が甦る。ふと、時子との間に子供でもできていたらどうなったのだろうと考える。その場合は、今も時子の心は離れていなかったのだろうか。それとも、心は離れたまま、一緒に居続けてくれたのだろうか。

透明のオナホールを溶かし、「創造と破壊」の肌の一部にするわけだが、まるでこの人造人間が、僕と時子との間に生まれなかった子供であるかのような変な感覚に陥った。

ドライブの翌日に僕が会いに行くと、時子の家で正式な別れ話を切りだされ、冷静になってくれと懇願して会った翌週末、結論は変わらなかった。

あれから一週間は経っているが、僕は全然立ち直れないでいる。何かに没頭すれば立ち直れていた、今までの恋愛と違うのはどういうことなのだろう。時子の前に付き合っていた川江順乃なんかとはもっと大恋愛をしていたようにも思うが、別れて一週間経った頃にはだいぶ平常心を取り戻し、一ヶ月以内に完璧に立ち直れた。ただ今回は、ショックの質がこれまでとは違うような気がする。

親しい人と会っている時でも感じる、この人と過ごす時間のこの部分を削りたいというような思いを、時子に対しては感じてこなかった。だから彼女のほうからも同じように、自分が受け入れられたままの状態がずっと続くものだと、微塵も疑っていなかった。彼女から捨てられるとは、思ってもいなかった。

暗くなってきた頃カーテンを完全に閉め、最低限の照明で作業し続けていると、庭のほうから「ごめんください」と呼びかける声が聞こえた。足音が近づいてくるが、僕は特に慌てない。掃き出し窓が半分ほど開き、カーテンをはらいながら男が顔をだした。

「やっぱりいたんだ」

更伊とここで会うのも、今日で二回目だ。彼も僕と同じく、行政からの遣いをいちいち演じながら、ここに侵入しているらしい。

「あと少し作業したら、帰る」

「だいぶ、出来上がってきてますね、その不気味な分身」

「分身ではないだろう」

「人間まがい。同じだよ、冴津さんと」

アートを作る集中力が乱された。前回ここで会った際に話していたところによれば、音信不通となった篠田や草間を追い屋敷に辿り着き、仕事以外のすべてを失った彼としては退廃的な雰囲気に惹かれ、たまに晩酌しに来るのだという。早速リビングのソファーに座り、スーパーの袋から缶のビールとつまみを取り出していた。

「飲む?」

缶を差しだされた僕は、迷いながらも礼を述べ受け取った。プルタブをあけ、互いに空で軽く乾杯する素振りだけし、僕は立ったまま数口飲む。

作業を中断させられたストレスにも、慣れなくてはならない。雑念こそ、創作に必要なのだから。それに、人を意識のゴミとしてあつかってはいけない気がした。一時的にであっても関わりをもってしまった人間との関係は、心の中で抱えなければならないような気がするのだ。こういうとき、未だ僕の「ＭＵＪＯＵ」リュックにくくりつけてある、時子からもらった万里の長城とパンダの木彫りのオブジェが、頭の中をよぎる。

「痩せました？」

「かもな」

「今更になって、日野さんにビビり始めたんですか」

「違う、失恋だよ」

「ああ……捨てられたってことか」

更伊はスマートフォンでなにかを見ながら晩酌し、僕は掃き出し窓近くに置いた「創造と破壊」制作に再び向きあってからしばらくして、空腹を感じた。このまま帰ろうかとも思ったが、本来更伊が飲むはずだったビールを一缶もらっている。

「ちょっと外で食べてくる。ついでに酒、つまみも買ってこようか？」

数本あったはずの缶は、既に更伊自身が空にしていた。

「いいんですか。今夜は人と会う予定もあって、長くなりそうなんで、じゃあビールと、この煙草を」

　更伊の所作はおぼつかず、酔っ払いそのものだ。見せてきた箱の銘柄を覚えると、僕は庭へ出た。屋敷の門から外を見て、誰の目も向けられていないことを確認し、敷地外に歩きだす。駅前の店で竜田揚げと五穀米の定食を食べた後、コンビニで缶ビール三本と赤ワイン、指定された煙草を買い、研修中の店員相手に会計処理が終わるのを待つ。真っ白な人工光が過剰にあふれる空間にいると、ここから徒歩一〇分程度で行ける屋敷が、秘境のように感じられた。

　歩いて屋敷のほうへと近づくほどに、明かりは減ってゆく。更伊はまだ長居するらしいから、僕はこれ以上あの屋敷で創作活動に集中できない。少しだけつきあって、帰るつもりだ。

　門から敷地へ入り庭へ行くと、掃き出し窓からこぼれ落ちたように、なにか大きな物が置かれていた。月明かりを頼りに近寄ると、窓枠ごと外へ落ち罅割れた掃き出し窓の上で、白っぽい表面の人型が別の人型に覆いかぶさっている、奇妙なサンドウィッチが出来上がっていた。

「創造と破壊」の下敷きになっている更伊が、微動だにしていない。

　なぜこんなことになっているのか。ただちに「創造と破壊」を持ち上げようとして、僕は噴射された石灰で目をやられた。電源がオンになっている。その間にもアイスピックが突き出される際の圧縮音が聞こえ、何かが焦げた臭いも嗅いだ。鉄とシリコン、バッテリーでできた百数十キロはある人型のアートを持ち上げるのは無理で、下敷きになっている更伊の横へなんとか転がす。仰向けになった「創造と破壊」は衝撃で電子制御回路が壊れたのか、夜空に向かい針とパテと炎と石灰を繰り出し続けていた。

「おいっ」

顔を叩き、揺り動かし、首や手首の脈をとる。更伊の魂がこの肉体から抜け落ちていることを、僕はほとんど確信していた。呼吸をしていないどころではない。シリコンの肌で覆われた人間もどきと同じくらいの鎮まりかえった肌からは、人間としての生気が削がれていた。

よく見ると、シャツの胸部分が少し焦げていて、右肩と後頭部、それに庭の敷石にも血痕があった。直接的な死因は、転倒による頭部の強打だろう。「創造と破壊」の針や炎が、倒れた彼の身体に跡をつけた。

自分が取り乱していないことが、段々と不思議に思えてきた。理由はいくつかある。どう焦っても更伊の魂を今さら呼び戻すことはできないし、事故の原因をつくったとはいえ、僕が彼の命を奪ったわけではない。

かなり酒に酔っていた更伊は、僕が外に出た後「創造と破壊」と向き合い、なにをしようとしたのか。移動させようとはしたのだろう。その際にスイッチが入ったことで各ギミックに驚き、体勢を崩し「創造と破壊」ごと掃き出し窓のほうへ倒れたわけか。

空へ向かい放出されている炎に気づき、僕はギミックのピン型スイッチをオフにする。ひっかけたりして誤作動しやすいスイッチだろう。庭に立ちながら、僕の脳が更伊に肉体を捨てさせたと思った。「創造と破壊」は、僕の脳が具現化したうちの一部だ。それが、一人の実体ある人間の肉体を、現実から捨てさせた。

警察に知らせるという選択肢は思い浮かぶが、気乗りしない。そのことに意味があるだろうか。通報者の僕は不法侵入等、いくつかの軽い法律違反で一時的に不自由をこうむるが、軽めで済むはずだ。母とは死別し、父の精神は痴呆により遠くへいってしまい、姉とも疎遠で、離婚し娘とも会えない更伊の死は、それをちゃんと受け止める人間が少なすぎる。せめて僕だけでも、彼の死を意味のあるものにしてやるべきなのではないかと思えてくるのだった。

庭には、大きな木がある。今は枝だけだが、樹形からして桜だろうか。せめて、木の根が届くところに生身のまま埋めてやろう。桜の木の一部として、春に花咲かせ、ここを訪れた人々の心を癒やす存在になれば、ただ検視後に火葬されるより、よほど有意義な終わり方になる。

僕は物置にあったシャベルで、穴を掘り始めた。無心で掘り続け、そのこと以外考えないようにするほどには、それなりに動揺しているのだろう。

やがて、人一人ぶん埋められるほどの穴を、掘り終えた。更伊の衣服を鋏で切って裸にし、引きずるようにしてその身体を浅くて長めの穴に置いた時、笑い声に気づいた。

「本当に埋めちゃうのかよ、おまえ」

振り返ると数メートル離れたところで、義眼の男から見られていた。あまりのことで、僕は声を出せない。そういえばさっき生前の更伊は、人と会う予定だと話していた。

「オーバードーズか？　おまえも一緒にやってたのか？　そのうちこうなるんじゃないかとは、思ってはいたが」

日野はなにかを勘違いしているようだが、とにかく、僕が殺したわけではなく、事故でこうなってしまったということ自体には、納得しているようだ。

「あまりの、ことで……」

僕が言うと、日野はまた小さく笑った。

「新しい置き場所に来てすぐ、これかよ。この屋敷のどこかには置いてあるんだろうけど、嫌だぜ、死体遺棄まで疑われるのは。諦めて帰るわ」

なにか物の受け渡しでも予定していたのだろうか。踵をかえしてすぐ、僕のほうへ顔だけ振り向いた。

「しかしどうすんだ、おまえ」

日野は去った。そしてしばらくしてからふと、義眼の男に、もたれてしまったと思った。死体遺棄をしようとしていた僕の姿の目撃情報を、あの男はもった。そして僕も同時に、一生つきまとうであろう心もとなさを、もったのだと悟った。

こんなことをしている自分は、文明社会の法から逸脱する行動をとり、人間離れしようとしているのだろうか。

ただ、想定外のものを背負って生きてゆくという覚悟は、真の意味で人間らしくなれるような予感も、僕にもたらした。

迷いを消すように、更伊の肉体を埋める作業に集中する。あまり人望がなかった更伊も、桜の養分にはなる。彼には遺伝子を受け継いだ娘もいるが、そのことより、直接的に桜の木の養分になることのほうが、重要に感じられた。人間が人間を残しても、ただ生物としての本能に従ったに過ぎない。人間が桜になり、他の人間の心を豊かにさせられたら、それは文化だ。その助けをするためにも僕は、一生懸命に土をかけ続ける。自分がシャベルそのものになったかのように、没入した。

ほとんど作業が終わりかけのときに、背後の気配に気づいた。光と熱だ。スイッチがまた誤作動したのか、「創造と破壊」のアームから出ていたらしい炎が、音もたてず、色々なものに燃え移っていた。

すぐ近くに積み上がっていた発泡スチロールの壁が、光に包まれた状態で音もなく崩れ落ち、光と熱がそのまま僕の脚へとまとわりついた。石油の燃える匂いを嗅ぎながら、周囲の物をでたらめに蹴り、ここから抜け出そうとするも、瞬く間に四方八方へと広がっていた炎と煙に、自分がどこへ向かって出ればいいのかわからなくなった。

異臭のする熱気を吸ってむせ、身体がいうことをきかなくなってくる。おかしい。出口はすぐそこにあるはずなのに、それがどこにあるのかわからないし、そこへ行けない。

目の前の光景が現実であるかをたしかめるように一度、強く目をつぶる。なぜだか、見知らぬ胎児の姿が、暗闇の中で明滅した。

初出　「新潮」２０２０年９月号

羽田圭介（はだ・けいすけ）

1985年、東京都生まれ。高校在学中の17歳時に「黒冷水」で第40回文藝賞を受賞し、小説家デビュー。明治大学商学部商学科卒。2015年、「スクラップ・アンド・ビルド」で第153回芥川賞を受賞。その他の著書に『走ル』『盗まれた顔』『メタモルフォシス』『コンテクスト・オブ・ザ・デッド』『成功者K』『ポルシェ太郎』『Phantom』などがある。

カバー写真　金川晋吾

滅私（めっし）

発　行　2021年11月30日

著　者　羽田圭介（はだけいすけ）
発行者　佐藤隆信
発行所　株式会社新潮社
〒162-8711　東京都新宿区矢来町71
電話　編集部　03-3266-5411
読者係　03-3266-5111
https://www.shinchosha.co.jp
装　幀　新潮社装幀室
印刷所　大日本印刷株式会社
製本所　大口製本印刷株式会社

ISBN 978-4-10-336112-1 C0093

骨を撫でる　三国美千子

「死ぬまで親きょうだいを切られへん」土地と血縁に縛られつつ、しぶとく、したたかに生きる人間たちを描き出す表題作ほか一篇。三島賞作家の受賞後第一作品集。

正欲　朝井リョウ

生き延びるために手を組みませんか——いびつで孤独な魂が奇跡のように巡り遭う。絶望からはじまる、痛快。あなたの想像力の外側を行く、気迫の書下ろし長篇小説。

TIMELESS　朝吹真理子

恋愛感情のないまま結婚し、「交配」を試みるうみとアミ。父を知らぬまま17歳になった息子のアオ。幾層ものたゆたう時間と寄るべない人びとの姿。待望の新作長篇。

クォンタム・ファミリーズ　東浩紀

二〇三五年から届いた一通のメールがすべての始まりだった——。壊れた家族の絆を取り戻すため、並行世界を遡る量子家族の物語。批評から小説へ、東浩紀の新境地！

劇場　又吉直樹

演劇を通して世界に立ち向かう永田と、恋人の沙希。夢を抱いてやってきた東京で、ふたりは出会った。かけがえのない大切な誰かを想う切なくも胸にせまる恋愛小説。

象牛　石井遊佳

自分を弄んだインド思想専攻の男性教員を追い、ガンジス河沿いの聖地に来た女子大生。だが象にも牛にも似た奇怪な存在に翻弄され——。芥川賞受賞後初の作品集。